薛定谔的猫

诗歌的量子世界

Translated to Chinese from the English version of
Schrödinger's Cat

Devajit Bhuyan

Ukiyoto Publishing

所有全球出版权由

Ukiyoto Publishing

发表于 2023

内容版权© Devajit Bhuyan

ISBN 9789360166304

保留所有权利。

未经出版商事先许可，不得以任何方式（电子、机械、影印、录制或其他方式）复制、传播本出版物的任何部分或将其存储在检索系统中。

*作者的精神*权利受到保护。

本书的销售条件是，未经出版商事先同意，不得以任何形式的装订或封面进行出借、转售、出租或以其他方式流通。

www.ukiyoto.com

*献给量子物理学三剑客埃尔温-**薛定谔**、马克斯-**普朗克**和华纳-**海森堡***

目录

熵会杀人	2
物质能量二元性	3
平行宇宙	4
观察员的重要性	5
人工智能	6
不要突破时间维度	7
很久很久以前	8
上帝方程	9
哲学家辩论	10
我不断前进	11
上帝与物理学的游戏	12
从前有台机器叫电报机	13
我的心灵	14
如果多元宇宙是真的	15
摩擦力	16
我们一无所知	17
真理的好日子即将到来	18
分化与整合	19
饥饿之鹰	20

随着年龄的增长	21
忘掉人为分裂	22
云计算让他隐形	23
我们是虚拟的	24
生命意识	25
猫活着出来了	26
大屏障	27
生活没有玫瑰，但有阳光	28
至尊动物	29
O" 科学家，亲爱的科学家	30
人类情感与量子物理学	31
原创性和意识将何去何从？	32
宇宙膨胀何时结束	33
重新设计	34
希格斯玻色子，上帝粒子	35
老人与量子纠缠	36
人们会怎么做？	37
时空	38
不稳定的宇宙	39
相对论	40
什么是时间	41

大思维	42
大自然为自己的进化过程付出了代价	43
地球日	44
世界读书日	45
让我们快乐过渡	46
观察员很重要	47
足够的时间	48
孤独并不总是坏事	49
我与人工智能	50
伦理问题	51
我不知道	52
我知道,我是老鼠赛跑中的佼佼者	53
创造你的未来	54
被忽视的层面	55
我们铭记	56
自由意志	57
明天只是希望	58
地平线事件中的生与死	59
终极游戏	60
时间,神秘的幻觉	61
上帝不抗拒自我意愿	62

好与坏	63
人们只欣赏少数几个类别	65
科技创造美好明天	66
人工智能与自然智能的融合	67
在不同的星球	68
毁灭的本能	69
胖子死得早	70
多任务处理并非良方	71
不朽之人	72
奇异空间	73
生命在于不断奋斗	74
越飞越高，感受现实	75
应对生活	76
我们只是原子堆吗？	77
时间是没有存在的衰败或进步	78
法老	79
孤独星球	80
我们为什么需要战争？	81
放弃永久的世界和平	82
缺失的环节	83
上帝等式是不够的	84

妇女平等	85
无限	86
银河之外	87
接受安慰奖，继续前进	88
Covid19 **扣合失败**	89
心态不要太差	90
大处着眼，小处着手	91
仅有大脑是不够的	92
计数与数学计数与数学	93
记忆是不够的	94
付出越多，收获越多	95
放手与遗忘同样重要	96
量子概率	97
电子	98
中微子	99
上帝是个糟糕的管理者	100
物理学是工程学之父	101
人们对原子的认识	102
不稳定的电子	103
基本力量	104
智人的目的	105

失联之前	106
亚当和夏娃	107
虚数是困难的	108
反向计数	109
每个人都从零开始	110
伦理问题	111
全新唐书	112
火力	114
黑夜与白昼	115
自由意志与最终结果	116
量子概率	117
死亡与永生	118
十字路口的疯女人	119
原子与分子	120
让我们立下新的决心	121
费米-狄拉克统计	122
非人心态	123
业务流程	124
安息（RIP）	125
灵魂是真实还是想象？	126
所有灵魂都是一个整体吗？	127

核心	128
超越物理学	129
科学与宗教	130
宗教与多元宇宙	131
科学与多元宇宙的未来	132
蜜蜂	133
结果相同	134
有和无	135
最好的诗歌	136
头发变白	137
不稳定的人类	138
让诗歌像物理一样简单	139
伟大的马克斯-**普朗克**	140
观察员的重要性	141
我们不知道	142
什么是新兴	143
乙醚	144
独立并非绝对	145
强制进化，会发生什么？	146
英年早逝	147
决定论、随机性和自由意志	148

| 问题 | 149 |

生命需要小颗粒 150

痛苦与快乐 151

物理学理论 152

无论发生了什么 都已发生 153

为什么情绪是对称的？ 154

在深邃的黑暗中，我们也继续前行 155

存在的游戏 156

自然选择与进化 157

物理学与 DNA 密码 158

什么是现实？ 159

敌对势力 160

时间的测量 161

不要抄袭，提交自己的论文 162

生活的目的并非铁板一块 163

树木有用途吗？ 165

老骥伏枥，志在千里 166

对未来的挑战 167

美与相对论 168

动态平衡 169

没人能阻止我 170

我从不追求完美，只想不断进步	171
教师	172
虚幻的完美	173
坚持你的核心价值观	174
发明死亡	175
自信	176
我们依然粗鲁	177
我们为何变得混乱不堪？	178
活还是不活？	179
大局观	180
扩大您的视野	181
我知道	182
不要寻找目的和理由	183
爱自然	184
生而自由	185
我们的寿命总是美好的	186
我不后悔	187
早睡早起	188
生活变得简单	189
波函数的可视化	190
八十亿	191

我	192
舒适令人陶醉	193
自由意志与目的	194
两种类型	195
让我们欣赏科学家	196
水和氧气之外的生命	197
水与土地	198
物理学有谐波	199
自然领域的科学	200
不断发展的假设和法则	201
关于作者	202

薛定谔的猫

我们身处由空间、时间、物质和能量构成的黑箱之中
在空间和时间的领域中,我们忙着进行协同转换
同时,我们通过身体脂肪的积累将能量转化为物质
但在黑盒子的边界内,我们的生命结束了,一切都安息了
没有人知道,在这无穷无尽的星系中,黑盒之外到底有什么
没有技术可以进行物理验证,宇宙边缘到底有什么?
黑盒之外的秘密,未知力量的保存
我们可以把薛定谔的猫带出盒子
即便如此,要走出悖论,也不会轻松简单
要想知道生命的终极真相,人类将永远面临麻烦。

熵会杀人

宇宙的熵在与日俱增,我能感觉得到
但我们没有任何机器或**方法来减**缓熵的增长
我们也没有任何物理定律来发明熵降机器
仅仅知道真相是不够的,我们需要解决方案
在我们面前,每天都在发生不应有的破坏
为了增加熵,人类人口每月都在增加
不可逆转的熵增过程可能很快就会达到顶峰
人类和至高无上的动物,将被迫移居月球
不要嘲笑老一代人,没有塑料就**不**够聪明
至少,熵增加的现象,并不生疏。

物质能量二元性

物质和能量的二元性非常简单
每时每刻都有数十亿颗恒星在做这件事
星系作为物质出现
星系的物质作为能量消失
但所有物质和能量的总和为零
在这两者之间,反物质和暗能量是未知的英雄
我们每时每刻都在玩弄物质和能量
但离发明一种简单的技术还很遥远
在时间和空间领域,我们的存在是有限的
当我们学会简单的物质和能量转换技术的那一天
时间和空间的障碍将不再是无限的
上帝将和猫一起出现在薛定谔的盒子里
宇宙可能被称为飞天蝙蝠的人工智能机器人统治。

平行宇宙

宗教自古以来就说平行宇宙是存在的
物理学和科学界则认为这是无知的想象。
随着物理学的深入，许多自然现象无法解释
现在，他们说要解释这些现象，平行宇宙就是一种解释
但科学家们不会承认千年前的想法
粒子物理学、亚原子物理学本身就是一种哲学思想
几十年后才得到科学实验的证实
然而，用不同的语言形式解释类似的哲学，他们却拒绝接受
这是科学界的黑箱思维综合症
科学界不能接受 "我们不知道的就不是知识 "**的**说法
一旦平行宇宙被证实，他们就会保持沉默。

观察员的重要性

当我们打开时间视界中的薛定谔盒子时
盒子里的猫可能是活的，也可能是死的，这是一个概率问题
任何外部观察者都无法准确预测和确认
但当我们观察时，情况可能会不同
这就是为什么对于事件视界来说，观察者非常重要
在双缝实验中，粒子在被观测时的表现不同
为什么会发生粒子纠缠，在这方面没有解释
纠缠粒子之间的信息传播速度比光还快
所以，在未来，与系外行星和外星人的交流是光明的。

人工智能

没有像心脏那样的泵，需要把水泵到椰子树顶端
机器无法像蜜蜂一样从芥菜花中采蜜
植物可以在同一片土壤里制造出甜、酸和苦的东西
对于人工智能来说，在大自然的擂台上将会是一场不同的比赛
如果一切都由拥有人工智能和太阳能的机器人完成
人类将永远没有生活在地球上的意义和理由
现在正是人类前往其他星球和星系的好时机
我们应该尝试为长生不老的身体签署新的基因代码
我对在**智能**计算机下无限期地生活不感兴趣
让我今天带着独立思考死去吧，即使时间不记得。

不要突破时间维度

在无限的宇宙中,光速太慢了
这可能是一种安全防范措施,以保护行星的个性
这样外星人和人类就不会频繁发生战争
在数十亿光年外的恒星上,其他文明可能正在蓬勃发展
超光速旅行可能不利于智人的未来
让我们不要在不知道后果的情况下打破速度的安全阀
时间维度的隧道将使文明颠倒
即使是用来对付病毒的 covid19 疫苗,现在也会给健康带来灾难
健康的年轻人从我们的羊群中无故死去
一知半解比无知或一无所知更可怕
随着光速和时间隧道的突破,智人可能会陨落。

很久很久以前

从前，人们认为太阳是绕着太阳转的
傍晚沉入大海，清晨再出来
太阳每天早上都要得到神的允许才能出来
原始时代的人们是多么无知和不科学啊
几百万年来，人们不知道制造核弹
好在他们建造了金字塔、纪念碑和大坟墓
否则，我们就无法进入现代文明时代
在中世纪，人类文明会被遗忘
我们曾被灌输以太（乙醚）的知识，光通过以太传播
现在的科学家认为，那些所谓的物理学家太空洞了
如今，没有人知道大爆炸理论、稳态理论、多节理论或弦理论哪个是正确的
但对于稳态理论，宇宙没有起点和终点，宗教是严密的
行星、恒星和星系像人类一样出生和死亡
对人类来说，时间尺度和不同维度是另一回事。

上帝方程

我们是否和其他生物和非生物一样,只是一堆原子?
还是人体中的原子组合与其他原子完全不同?
只有不同的原子组合才能产生意识
与人类、机器人和具有人工智能的计算机不同
曾经有人告诉我们,原子是存在的最小粒子
正质子、中子和负电子是基本粒子
现在,随着我们的不断深入,我们知道事实并非如此
基本粒子可能是光子、玻色子或只是弦的振动
一些科学家认为,物质也许只是信息
根据代码的不同组合出不同的表现形式
但关于意识及其起源,我们还没有答案
让我们开心地吃苹果,喝苹果酿的酒吧
直到科学家们找到上帝方程,一切都会迎刃而解。

哲学家辩论

哲学家辩论：先有蛋还是先有鸟

正反双方的逻辑都同样强大有力

就物质和能量而言，没有这样的争论

宇宙由能量产生是真实的事实

能量既不能被创造，也不能被毁灭，这是旧范式

爱因斯坦很早就提出了 "**能量-物**质二元论 "**的概念**。

粒子的物质性和波浪性也随之展开

存在着太多的基本粒子或基本粒子

关于宇宙的终极构成要素，众说纷纭

不可能像薛定谔的猫那样把万能的东西关在笼子里

在我们把这只猫关进笼子之前，让我们吃饭、微笑、爱和行走，以便更好地死去。

我不断前进

宇宙在不停地膨胀

我也在不断前行

有时阳光灿烂,有时阴雨绵绵

有时雷鸣,有时风暴

但我从未停下脚步,不断前行;

旅途并非一帆风顺

我拔掉了扎在脚趾上的荆棘

没有过河桥梁的地方

我自己造船过河

但我从未停下脚步,继续前行;

有时在最黑暗的夜晚,我迷失了方向

然而,萤火虫指明了前进的道路

在湿滑的路上,我曾摔倒过好几次

我迅速站起来,望着闪烁的星星

但我从未停下脚步,而是不断前行;

从不丈量自己走过的路程

不计得失,勇往直前

不期待旁人的鼓励

从不与停滞不前的人浪费时间,做错误的事

很久以前,我就意识到,人生没有什么是永恒的,旅途才是收获。

上帝与物理学的游戏

万有引力、电磁力、强核力和弱核力是基本力量
这就是为什么宇宙是动态的,而不是静止或静态的。
在物质、能量、空间和时间这四个维度中,造物主发挥着作用
科学家们现在说,还有一些未被发现的维度也是存在的
暗能量和暗行为存在的原因仍然未知
人类的大脑虽然相同,但意识却各不相同
对于宇宙和上**帝的存在来**说,意识非常重要
量子纠缠并不遵循最大速度限制
时间旅行和到其他星系旅行,纠缠允许
随着我们的不断深入,会有越来越多的问题出现
物理学与上帝之间的博弈真是有趣又好玩。

从前有台机器叫电报机

有一天,新一代人会怀疑打电话是否需要 PCO
电传和传真机,虽然我们已经用过,但现在我们却感到惊讶
网吧在我们眼皮底下悄无声息地消失了
但咖啡馆门口乞讨的穷人依然存在
卡带和 CD 播放机的大音箱如今已被弃置家中
但音箱和公共广播系统却经得起时间的考验
尽管互联网和社交媒体是沟通的主要方式
技术总是为了更好的明天和改善生活
但它无法减少夫妻离婚的数量
即使在现代文明的顶峰,贫穷和饥饿依然存在
在许多国家,很多人的思想都是非理性和种族主义的
物理和技术无法解决如何制止战争和犯罪的问题
为和平世界发展科技,增进兄弟情谊是首要任务。

我的心灵

我的心灵从不允许我嫉妒
我的心灵从不允许我冷酷无情
我不喜欢愤怒和仇恨
我更喜欢在海边独处
我总是喜欢和平与安宁
与其争吵,不如友爱
我总是尽量远离暴力
为了真理和诚实,我愿意付出代价
腐败分子,我尽量远离
我饱受焦虑和紧张
保护环境,我无计可施
战争和污染让我抑郁
人类的心理健康在退化。

如果多元宇宙是真的

如果多元宇宙和平行宇宙理论是真的
那么地球上人类的存在就有了线索
最先进的文明可能把地球当作监狱
人类是最残忍的动物,这可能就是原因所在
优秀文明中的坏分子被转移到了地球上
然后,先进文明清除了邪恶的坏分子
人类被留在地球上,与猴子一起生活在丛林中
在没有任何工具和解决方法的情况下,坏人类重新开始了生活
第一代人死后,旧的信息就会崩溃
世界上的新生儿必须重新开始他们的生活问题
虽然文明在不断进步
坏人和罪犯的 DNA 仍在腐蚀着人类社会
先进文明永远不会让人类达到他们的境界
他们知道,老祖宗的坏 DNA 会再次试图摧毁他们的舵手。

摩擦力

很少有人知道摩擦系数是多少。
在这个星球上，如果没有摩擦，生命就无法延续
生命的创造始于男女器官的摩擦
通过摩擦，新生儿带着啼哭的口号呱呱坠地
没有摩擦，火就不会燃烧
火改变了整个人类文明的游戏规则
没有摩擦力，车轮无法前进
要让快速行驶的车辆停下来，摩擦力是首要源泉
如果没有摩擦力，你的巨型喷气式飞机就不会停在跑道上
战斗机起飞轰炸城市将遥遥无期
心灵的摩擦创造了许多史诗
就像重力一样，摩擦力也是一种基本的自然力
自我的摩擦是危险的，会导致大规模战争
会让人类文明面临巨大危险
摩擦有好有坏，取决于它的用途
没有摩擦力，地球上的生命将灭绝，地球将无人可用。

我们一无所知

物理学知道的只是冰山一角

物理学不知道的才是真正的物理学

暗能量和暗物质控制着实际动力学

我们对物质、能量和时间的了解只是基础

宇宙的边界是未知和虚幻的

反物质和平行宇宙是否真实,不得而知

几千年前,多元宇宙的概念被提出

宇宙大爆炸之前也有星系,现在我们知道了

物理学进步很快,但在时间领域却很慢

宇宙膨胀的速度比我们的认知速度更快

我们必须承认,我们对宇宙及其浩瀚所知甚少。

真理的好日子即将到来

当我们的旅行速度超过光速时
人类文明的未来将一片光明
在数十亿光年外的遥远星球上
过去发生的错事,我们可以轻松说出
佛陀、耶稣、穆罕默德的真实故事将被揭示
宗教教科书中的谬误将不攻自破
未来通往真理的道路将是坚定的,谎言将永远无法持久
真理之路,信任和承诺,人们会坚持下去
世界政府将拘留坏人和罪犯
他们将被驱逐到数十亿光年外的监狱。

分化与整合

当我们不断区分人类

我们最终得到猴子吃树上的果子

但当我们将原始人不断整合时

我们最终会得到佛陀、耶稣和爱因斯坦

所以，整合比分化更重要

整合是找到真理和解决问题的途径

分化是倒退，然后是毁灭

人类基因知道物竞天择、适者生存的道理

然而，为了争夺至高无上的地位，为了以非自然的方式获胜，它们变得最残忍

通过非自然过程操纵自然是不道德的

为了长期的可持续发展，加快自然进程也是异想天开。

饥饿之鹰

动物王国因人类的智慧而遭受苦难
人工智能会产生反作用力,创造出科学怪人
为了追求更好的生活,人类可能**成**为自己创造物的奴隶
人工智能机器人可能变成危险的刀子
人类将如何像乌龟一样生活三百年?
自然会遭到更多破坏,噪音也会越来越多
在数字虚拟世界里只是吃饭和打发时间毫无意义
不如死后以数字数据的形式在网络中以信号的形式活着
如果某个先进文明捕捉到了这些信号并将其解码
我们的大脑数据可能会被用于他们的研究和开发
基因工程可能与人工智能一样危险
比 "**科维 19** "**更**严重的灾难可能会因为小小的疏忽而毁灭人类
但人类的大脑和思维不会因为没有面对这种情况而停滞不前
人类的大脑思维总是像饥饿中的雄鹰一样飞翔。

随着年龄的增长

在人生的旅途中，随着年龄的增长
有必要从人生的文件夹中删除许多东西
人生旅途是最好的老师，让我们变得更加睿智
但背负不必要的负担，我们的肩膀会变得更加脆弱
过去的大部分信息都没有价值
因此，最好删除它们，让头脑焕然一新
在变化的环境中，我们必须发现新事物
与其批评，不如善待他人
我们每天都在走向死亡，这是现实
在争论中浪费时间和精力只会徒劳无功
如果我们不从经验中学习智慧
在死亡之时，我们将留下一个贫瘠的王国
我们越早认识到生命的现实和旅程的不确定性
我们就能避免不必要的争吵和比赛的烦恼
当我们年老时，微笑和笑声更重要
许多新的可能性，微笑可以轻松展开
否则，我们的故事就会被人遗忘，无人问津
每一位老者和智者都会意识到，没有过去和未来
谁能尽快意识到这一点，谁就能避免生活中不必要的折磨。

忘掉人为分裂

我们是生活在一个孤独的星球上还是生活在多元宇宙中并不重要

数十亿年后，生命在这个星球上出现并繁荣昌盛

文明来了，又因自己的错误而消亡

但现在由于全球变暖，整个星球都陷入了困境

除非至高无上的动物尽快意识到这一点，否则一切都将崩溃

虽然没有人能预测具体的走向和末日

如果我们不发自内心地感受并采取行动，大灾难就会很快到来

除了寻找多元宇宙星球，扑灭野火也很重要

如果环境迅速崩溃，科技将无能为力

放眼远方，人类不应失去最近的视野

拯救地球，积极行动，忘却人为分裂。

云计算让他隐形

量子计算机云计算

然而,由同一个本地供应商送货

他开着破旧的送货车来了

从我们觉得有趣的门户网站上获取预付材料

早些时候,我们用不智能的手机给他打电话

当我们向他问好并微笑时,他就开始了

他用钢笔和铅笔写下物品清单

有任何不清楚的地方,他都会立即打电话回来更正

现在,他只是云公司的搬运和送货员

与客户失去了沟通与和谐

技术让他变成了机器人一样的送货机器

对于他的老客户和访客,他只是一个无形的纽带。

我们是虚拟的

听起来不错,我们不是真实的,而是虚拟的东西
我们的所见、所感、所闻都是三维全息图
只有信息和数据储存在种子和精子中
一切都被量子粒子设定了一个期限
我们的感官没有被设定为看到质子、中子或电子
我们的器官也无法看到空气、细菌和病毒
我们的器官无法感受到的东西确实存在,但却是虚拟的
在无限的宇宙中,我们对他人来说也不是真实的,而是虚拟的
全息图的编程如此完美,以至于我们认为自己是真实的
当我们与未知的玩家玩虚拟游戏时,我们的感觉也是如此
我们生活中的虚拟现实对我们来说就是真实的现实
全息图中传授的有限智慧是精确的
人类的智慧需要数十亿年才能展开宇宙
到那时,宇宙可能会开始反向旅程。

生命意识

生命意识是 DNA、**教育**、**信仰和**经验的结合体
人类意识赋予人类更高的智慧和探究性
动物界为了生存，停留在相同的智力和活动水平上
为了使动物免受细菌和病毒的侵袭，人类开展了各种活动
动物更容易受到疾病**和死亡的自然侵袭**
只有通过自然免疫和繁殖，动物物种才能生存下来
一旦在地球上灭绝，没有任何物种会自动复活
没有人知道人类是如何以及为什么会有高级意识的
教育、培训和好奇心让人类文明进步
蚂蚁和蜜蜂仍然和五千年前一样
虽然它们的纪律性、奉献精神和社会正直性是人类试图效仿的
每个生物的意识都是不同而独特的
生物的这种多样性可以通过量子纠缠进行整合
宗教认为万物与神纠缠在一起
要接受纠缠是超意识的一部分，科学还没有心情。

猫活着出来了

猫咪活蹦乱跳地从盒子里出来了
在场的科学家们连连鼓掌
看到太多人鼓掌,猫突然消失了
猫的半衰期和放射性物质救了猫
不确定性原理挽救了生命,可以打赌
上帝救猫的概率是五五开
这本身也是海森堡的不确定性原理
虽然霍金说上帝在创造世界的过程中可能没有发挥作用
但对于生命和事件的不确定性,上帝的存在,人类的思维会展开
除非我们把猫关在笼子里,完美预测它的未来
科学将无法笼住上帝和自然的不确定性。

大屏障

专注是生存的基本本能
没有专注力,猎人就无法杀死他的祈祷者
板球运动员专注于球和球棒
足球运动员专注于球和球网
在日常生活中,专注并不是一件难事
掌握这门艺术的人进步很快
一个小男孩很容易专注于一个漂亮女孩
却发现很难推导出微分方程
要想精通数学,专注是解决之道
专注可以集中阳光,在纸上点燃火焰
练习让专注更完美,让结果更聪明
在生活中,无法集中精力和注意力,是一个很大的障碍。

生活没有玫瑰,但有阳光

我们梦想、希望并期待生活是玫瑰之床
我们前进的道路应该是平坦的、金色的
但现实却完全不同,复杂而虚幻
我们的存在是因为原子的不稳定性
每时每刻都在结合成为分子
不确定性是我们生活中与生俱来的一部分。
玫瑰之床只可能出现在童话故事里
我们的生活不得不在崎岖的道路上前行
红灯可能在最不恰当的时候亮起
如果我们急于求成,未知的力量就会强加于我们
即使生活无常,也有阳光
人生旅途充满机遇,成功与否,能力决定。

至尊动物

平行宇宙中的生活会怎样是个大问题

除非人类可以进行瞬移，否则没有完美的解决方案

至今我们仍无法找到马来西亚失踪航班的确切位置

在没有访问系外行星的情况下就断言确切的生命形式是不正确的

无论科学家们说了什么，在我们访问它们之前，都将是催眠术

在他们的生活和管理物质的过程中，可能会有不同的境界

当然，它们可能不会用头走路，也不会用屁眼进食

但如果不就近观察，现实永远不会展现在我们面前

平行宇宙的高级生物可能生活在某种液体之下

儿童故事中的人鱼生物可能在那里统治着一切

通过信号了解地球上一切的机会很少

除非我们探索无限宇宙的每一个角落

声称人类是宇宙的统治者，就像苔藓一样是一种伪命题。

科学家,亲爱的科学家

宇宙编织得美丽而完美
生与死是其美丽循环的一部分
不要通过基因工程让人类长生不老
人类已经破坏了地球的生态平衡
生物多样性是不可分割的一部分
数十亿年过去了,生物进化非常缓慢
经历了恐龙灭绝和其他许多生物的灭绝
现在,人类在这个孤独的星球上繁衍生息
在通过遗传学和人工智能实现永生之前
癌症和遗传病的治疗更为重要
几千年前,圣人曾尝试长生不老
但在意识到其危险性和徒劳性后放弃了尝试
如果人类长生不老,其他生命会怎样?
宠物死亡时经常受到的创伤,也将同样痛苦
从长远来看,如果不改变思想,长生不老将是有害的。

人类情感与量子物理学

爱与信仰不符合逻辑
对于人类生活而言,两者都是最基本的
在我们的生活中,音乐非常重要
感官来自基因是内在的
但对于生命来说,原子的组合是有机的
基本粒子是否真的是基本的还有待商榷
弦理论认为振动是实际存在的形式
量子纠缠真的很诡异
量子力学带来新可能
然而,人类的情感和意识,却以不同的方式歌唱。

原创性和意识将何去何从？

在这个世界上，我可能没有任何目的或理由
我可能在虚拟监狱中过着模拟的生活
但我有自己的意识和独创性
人工智能已经侵犯了我的思维过程
我思维的独创性出现了停滞和衰退
如果我的智能和意识成为附属品
我必将失去作为意识坐标的地位
已经厌倦了生活在一个没有目的、没有方向的星球上
任何科学或哲学都无法解释我们为何而来，目的何在
武断的愿景、使命和目的，我们不得不假设
随着人工智能和永生的到来，这些也将是徒劳的
不知道，一旦生命不再脆弱，生命的定义会是什么。

宇宙膨胀何时结束

宇宙会无限膨胀下去吗？
还是有一天会突然停止膨胀？
时间会失去前进的动力而停滞不前吗？
还是因为动力的原因，开始向相反的方向逆转？
人类在地球上的生活将会多么有趣？
人们将像老人一样出生在火葬场
从火堆中走出来，迎接他们的将是家人和朋友
墓地将不再是悲伤之地，而是欢庆之地
慢慢地，老人会变得越来越年轻
同样，有一天，他们会变成精子，在母亲的子宫里永远消失
所有的行星和恒星将再次合并成一个奇点
但那时就没有物理学和时间来解释所有的细节了。

重新设计

大自然不断进行工程和再工程
这是造物和自然的内在过程
即使在进化过程中,为了更好的物种,这也是至关重要的
没有再设计,就不可能有最好的产品
因此,为了进步和发展,再设计是必须的
人脑在思考过程中也会不断进行再造
我们学习、反学习,并在真理确立后再次重新学习
直到我们创造出最好的或找到真理,再造仍在继续
这样,自然界就达到了最佳的动态平衡
再造和进化**就像**钟摆一样持续不断。

希格斯玻色子，上帝粒子

发现希格斯玻色子时，科学家们兴奋异常

然而，在这个世界上，上帝和他的使者依然如故

对于上帝和先知，人们依然有着无限的信仰和信赖；

自古以来，基本粒子就在自己的位置上

因此，对于信徒来说，无论发现希格斯玻色子与否，一切都一样

对于世界大战和长崎轰炸，信徒认为这是上帝永恒的游戏

不信的人则认为，不管有没有神，原子弹都会产生火焰。

对于世界大战和毁灭，人类的自我和态度难辞其咎

信徒们在世界各地给上帝起了许多名字

但希格斯玻色子，只有一个名字，科学家们为它揭开了神秘的面纱。

老人与量子纠缠

感谢上帝的粒子,它是一条鱼,而不是鳄鱼、哥斯拉或巨蟒
根据量子概率和纠缠,这本来是可能的
那么,不确定性原理就会让老人陷入腹中
他的船太小太脆弱,无法在不确定性中生存
海明威的小说获奖,因为它是一条鱼,也因为他的创造力
然而,不确定性和量子纠缠将获奖者推向了死亡
即使发现了上帝粒子,在这个星球上,死亡仍是终极真理
一些文明甚至在不知道万有引力和相对论的情况下就湮灭了
人们现在使用量子小工具,却不知道纠缠,默默无闻
知识水平、知道和不知道是文明之间的区别
一知半解和生物智能也会让人类走向毁灭。

人们会怎么做？

地球上还需要 80 多亿人类吗？

第三世界国家已经人满为患，到处都是半文盲。

在亚洲的城市里，没有人可以舒适地步行、骑自行车、开车或移动

有产者和无产者之间的差距与日俱增

以宗教为名，创造年轻劳动力，不实行计划生育

失业、失望和沮丧无处不在

数字鸿沟迫使一部分人过着非人的生活

对于弱势群体来说，生活意味着命运，意味着祈求上帝的怜悯

无望青年的自杀率达到顶峰

现在，随着人工智能的发展，我们正在淘汰越来越多的工作岗位

在农业领域，人们也慢慢失去了对美好未来的希望

游手好闲的失业者会在这个世界上做些什么？

时空

时间是相对的,已经是既定的事实和现实
空间是无限的,宇宙在无阻力地膨胀
在时空关系中,引力也很重要、
光速是时间的障碍,在光速下,时间可能停滞不前
整个时空、物质-**能量**、**引力**-电磁的概念可能会脱轨、
从牛顿到爱因斯坦是物理学研究的一大飞跃
量子纠缠改变了许多基本原理、
时间旅行和远距传物不再是科幻故事
人工智能将很快为实现这些目标提供新的方向
人们可能很快就会在假期通过时间旅行见到耶稣和佛祖。

不稳定的宇宙

宇宙大爆炸后，**基本粒子被激**发
由于充满了爆炸产生的能量，它们受到了激发
初生粒子并不稳定，无法存活太久
于是，质子、中子和电子结合在一起
它们共同组成了一个小型的太阳系，使原子变得稳定
但是，**大部分新形成的原子都无法保持稳**定
原子以不同的比例结合在一起，变成了分子
有了这些物质，太阳系就变得动态稳定了
原子形成生物分子需要数百万年的时间
碳、氢、氧、氮、铁使生物生命成为可能
我们仍然无法确定，我们究竟是原子的组合还是振动波
基本粒子实际上可能是上帝之弦的振动。

相对论

相对论是星系诞生时的自然属性

在宇宙大爆炸之前和之后，相对论也一直存在

宇宙和现实中没有任何事物是绝对不变的

科学、哲学和心理学的理论有时并不一致

现实和相对论的存在，观察者很重要

人们很早就知道非数学形式的相对论

缩短直线而不接触的故事并不年轻

宗教典籍和哲学对相对论的解释各不相同

爱因斯坦通过方程和数学，为人类和科学提出了相对论

生、死、现在、过去、未来都是相对的，是人类本能的认知

相对性概念对人类大脑和文明而言，是一个基本要素。

什么是时间

在人类生活领域,时间真的存在吗?
或者它只是人类大脑理解现实的一种幻觉?
是否存在以光速运动的时间之箭?
或者过去、现在和未来只是一个用来解释存在的概念?
宇宙中没有统一的时间,任何地方的时间都是相对的。
物质和能量才是真正意义上的现实
人们总是怀疑时间、灵魂和上帝的存在
时间的测量可能是任意的,就像长度和重量的单位一样
从过去到现在再到未来的时间箭头可能并不正确
时间可能只是衡量物质-能量转换、增长和衰减的一个单位
时间是什么,即使是学识渊博的科学家也说不清楚。

大思维

人们说，想得大，想得大，你就会变得大
但当我想得越来越多、越来越大时，我却变得无比渺小
在相对论的世界里，我的存在变得微不足道
在我所在的地方，我甚至变得微不足道，这就是生活的现实
在我的城市、我的地区、我的州、我的国家，渺小的程度与日俱增
当我放眼世界，我的存在甚至变得微不足道
在太阳系、银河系、银河系和宇宙中，我是什么，没有答案
唯一的现实是，我今天还活着，还存在于我的家中，与家人在一起
对世界和人类都没有价值，没有意义，没有必要
我必须以自己的方式，找到名为生命的单向徒劳之旅
当我完成我的旅程，人们将继续在我的身体上移动
我们如此渺小，在八十亿人中无影无踪，还能骄傲地说什么？

大自然为自己的进化过程付出了代价

大自然为进化过程付出了沉重的代价
在人类出现之前,对于动物来说,一切都只是幻想
树木、生物王国快乐地生活着,不需要寻找任何解决办法
获得足够的食物、优质的水和空气就是他们的满足
在这个过程中,生态平衡有其发言权,而没有金钱交易;
进化过程中人类的到来改变了一切
大自然每时每刻都在努力保护自己的核心和平衡事物
为了舒**适**,人类改变了山丘、河流、海湾、海滩和海岸线
但为了保持大自然的平衡进化,人类从不支持
人类以文明和进步的名义,扭曲了大自然的一切。

地球日

地球之所以美丽，不是因为它是由碳、氢和氧构成的
它之所以美丽，是因为大自然的进化和智慧
从微小的原子中创造生命仍然是一个巨大的谜团
没有人知道，**生命是否只是**银河系这个星球上的现象
还是生命从其他地方遗传到这个星球上？
生命之美在于其多样性和生态系统
人类对脆弱平衡的破坏有目共睹，而且并不罕见
人类以为凭借智慧，地球就是他们的领地
人类没有与其他物种共处的**智慧**
庆祝几个小时的地球日是人类的洗眼和随意行为。

世界读书日

印刷机是一项突破性发明
与电脑、智能手机和互联网一样重要
印刷术通过传播知识改变了人类文明的进程
书籍是现代互联网的载体
书籍在传播知识方面发挥了至关重要的作用,就像太阳光一样;
新技术给书籍带来巨大压力
然而,书籍经受住了所有视听媒体的冲击
在二十一世纪,书籍也是珍贵的财产
书籍的重要性可能会因为数字格式和人工智能而下降
但在文明和知识的进步中,书籍仍将保持其地位。

让我们快乐过渡

当太阳变暗,核聚变永远结束时
人工智能生物将在地球上做些什么?
它们的衰变和陨落也将自动开始
没有太阳能,人工智能生物如何给电池充电?
为了获得少量电能,它们会像街边的狗一样奔跑,而且会挨饿
人类可能早在太阳变暗之前就灭绝了
人工智能生物必须独自面对这一现象,并从中获得乐趣;
如果一些大的小行星在太阳变暗之前撞击地球
人类、人工智能和所有生物将一起毁灭
小行星撞击后,人工智能生物的生存也是渺茫的
大自然会通过自己的方式再次求助
新的生物将通过进化再次出现
为了更好的新世界,这肯定是大自然的最佳解决方案
在这些事情发生之前,让我们享受过渡时期的快乐吧。

观察员很重要

在量子纠缠中,观察者最为重要

双缝实验表明,如果被观察,电子的行为会有所不同

在相对论和量子世界中,没有观察者就没有事件的意义

因此,观察和感受存在与现实,我就是我的中心

物以类聚,人以群分。

没有我的意识,宇宙的存在与否都无关紧要

一个没有意识的人,即使活着,我们也无法审判任何有意义的事情

量子纠缠的原因,至今没有科学家能解释清楚

但宇宙万物通过无形的链条纠缠在一起

万有引力、电磁力、核力、物质能量的统一可能是上帝的大脑。

足够的时间

耶稣、所罗门王和亚历山大都有足够的时间
他们在那个时代取得了很多成就,并及时留下了足迹
大多数人都忙于速度竞赛,没有时间
有些人认为自己是不朽的,将来会有大作为
极少数人只知道无限的时间具有特殊性
科学有时也让人摸不着头脑,时间到底是什么,到底是在流动?
或者说,它就像引力一样,没有流动的另一个维度
空间、时间、物质和能量都很重要,但时间是自由的
但在城市里,哪怕是买一套小公寓,你也要付出高昂的费用
你已经有时间成为维韦卡南达、莫扎特、拉马努金或李小龙了。

孤独并不总是坏事

有时，我们可以在孤独中深入思考
集中精力保持头脑清醒
在不受欢迎的人群中，头脑会感到昏昏欲睡
但是，对某些人来说，孤独也可能带来懒惰
对少数人来说，孤独也会带来视野的模糊；
把孤独作为反省的工具
孤独也是冥想的必要条件
如果你专心致志，它就会为你解决困扰
独处时，千万不要尝试任何药物或镇静剂
与朋友一起外出是一种更好的治疗方法
利用孤独来集中精力，寻找新的方向。

我与人工智能

我所知道的，都不是我的基础知识
字母和数字都不是我发明的
我所知道的语言不是我的大脑功能创造出来的
火、轮子或计算机也不是我的发明
我所获得的一切都来自他人
社交也来自父亲、母亲和亲戚
我的大脑只是像电脑硬盘一样储存信息
我和人工智能知识之间的区别微乎其微
独一无二的区别在于我的意识和独创性
以及我通过不断积极进取而积累的智慧。

伦理问题

在每一个进步的十字路口,我们总是提出道德问题
无论是堕胎、试管婴儿还是新生命的小丑化
在战争中因琐碎的原因杀害人类没有道德问题
以宗教的名义屠杀成千上万的人没有道德问题
但对于突破性的科技发展,伦理问题就来了
所有宗教都是愚蠢的,因为它们的矛盾和不道德的行为
计算机、机器人和互联网被认为是对劳动力的威胁
但最终,所有这些都成为加快发展和提高效率的工具。
人工智能和基因永生现在受到质疑
二三十年后,每个人都会说,人工智能并非不健全。

我不知道

我的脚步越来越快,却不知道自己为何而动
我只知道,我每时每刻都在衰老,每天都在死亡
我不知道自己从哪里来,也不知道自己现在要去哪里
在黑盒子里,我的知识和信息有限
在黑箱之外,没有人知道到底发生了什么
科学和宗教都没有确凿的证据
但生命的基本本能迫使我越行越快
旅途随时可能在没有任何征兆的情况下停止
或者我可能被迫继续前进七十年、八十年或一百年
但最终,我将在孤独的墓地里完成旅程。

我知道，我是老鼠赛跑中的佼佼者

我知道，我是最棒的游泳运动员，我横渡了海洋

在数百万人中，我最强壮有力

所以今天，在赛跑者的标尺上，我是成功的

在我看到这个世界的光明之前，老鼠赛跑就已经开始了

这就是为什么老鼠赛跑是人类的通病

任何脱离了老鼠赛跑的人，都不会有大胆的想法

人们自豪地讲述着老鼠赛跑获胜者的成功故事

然而，像佛陀和耶稣这样与众不同的故事却寥寥无几

这就是为什么他们是与众不同的超人

他们是人类的救世主，也是鼠族大众的救世主。

创造你的未来

没有人会创造我的未来
我必须在今天用工作创造未来
尽管未来是不确定的、不可预测的
创造明天的基础很简单
如果我们今天为自己的使命和目标努力工作
明天就会有更多机会
后天总是需要延续
自助者天助，自助者人助
当未来到来时，你会觉得它是真实的
所以，今天就带着乐趣和热情去创造你的未来吧。

被忽视的层面

作为生物,我们更关注光、声和热
对电磁、万有引力、强核力和弱核力的关注较少
人们祈祷太阳,因为它是能量的主要来源
人们崇拜河流和雨神,显示出对物质的重视
但在所有维度中,空间和时间仍然较为扁平
原始人无法理解基本的四种力
否则,他们的崇拜和祈祷会更中肯、更美好
在大多数文化中,都有关于物质和能量的神和女神
然而,最重要的空间和时间维度却没有神或女神
尽管这两个维度对于生命的存在都至关重要。

我们铭记

我们会记住生活中所有不愉快的事情
在这个问题上,人类是更好的专家
很少有人注意到我们的优点和美德
就连我们自己也忘记了自己的美好回忆
记忆总是忙于回忆过去的悲剧
人们也会因为嫉妒而不欣赏别人
**因此,了解和学习成功的邻居没有好奇心
但在别人的错误中,**我们**变得欣喜若狂
坏消息很快就被人们传播开来
从没见过哪个人,会说别人的坏话
人的思想总是倾向于回顾过去的差异
放下不好的事情和不好的回忆,是一项艰巨的任务
为了幸福、安宁和成功,必须消除不好的记忆。

自由意志

即使我们以有意识的思维和自由意志去做某事
结果或成果也是不确定的,可能并不尽如人意
这就是为什么印度教说,永远不要期待工作的成果
只要以自由意志和奉献精神高效地去做就行
期待一个具体的结果会冲淡自由意志的决心;
在你种树之前,可能会受到果实的诱惑
但植树的意愿和愿望必须是自觉和自由的
如果你过多地考虑风暴可能会摧毁树苗
考虑到自己不确定的人生,你的思想就会停止挖掘
甚至,自由意志也会受到隐藏的不确定性的支配
我们有时称之为命运,有时称之为注定
但如果没有行动和努力,你就会笃定地接受失败。

明天只是希望

没有人知道明天会发生什么
如果我不在人世,很少有人会表示悲伤
其他人会继续说安息吧
除了自己的鲜血,没有人会怀念
生命的现实非常简单而清晰
死亡和告别并不可怕
生命的最后礼物不是财富,而是死亡
有一天,我所有的朋友和熟人都会死去
要想永远拯救他们,你的努力将是徒劳的
出生时,知道真相,孩子哭了。

地平线事件中的生与死

我的生日不是世界上的一件大事,也谈不上星系
即使是佛祖、耶稣、穆罕默德的诞生也不是什么大事
我的死亡也会像我的出生一样微不足道
阿萨姆邦、印度、亚洲都不会停止,美国也不会放慢脚步
即使世界也会因为戴安娜和英国王冠的死亡而照常运转
我的出生不会有遗憾,我的死亡也不会有遗憾
就像大海的潮汐,我们来了,片刻之后又走了
足迹只留在亲人的脑海中
那些观察者也离去了,在事件视界中不复存在
不要寄希望于量子和平行宇宙能让生命得到更好的呈现

终极游戏

我听到了宇宙大爆炸中最大的声音和最亮的光
这是一个新生命的开始,一个啼哭的孩子的诞生
观察者很重要,双缝实验证明了这一点
没有观察者的存在,对于新生儿来说,大爆炸就没有意义
对于母亲来说,新生儿的诞生和宇宙大爆炸一样重要
孩子是人类的父亲"**在任何地方都更流行,而不是**
如果没有任何观测者,大爆炸就永远无法解释
每一种理论或假设,都必须有一个观察者之父
在智人出现之前,物质和能量的转换就已经开始了。
从一种形式转换到另一种形式是大自然的终极游戏。

时间，神秘的幻觉

过去和未来永远是幻觉
过去不过是时间的稀释
未来只是时间的预期
现在只是我们的解决之道
如果我们不行动，它就会消失得无影无踪；
时间没有动力，当我们窥视过去时
尽管过去的领域和历史十分广阔
我们无法展望未来，何来动力？
当下只在我们手中，永远是最佳状态
我们通过粒子量子观察过去、现在和未来。

上帝不抗拒自我意愿

以国家、宗教的名义杀人不被视为犯罪或罪过
那么，以宗教的名义自杀怎么会被称为坏事呢？
没有证据表明自杀的人是有罪的
对于一个想摆脱痛苦和不幸的人来说，自我杀戮可能是有益的
当耶稣被钉在十字架上时，他为无知的人们祈祷
脱离痛苦和苦难，就不会有烦恼
人死后，这个世界对死者来说无关紧要
只是有时，亲近的人会感到悲伤
如果自卫杀人不算犯罪
为抵御痛苦和不幸而自杀应该是可以的
我们不能为了方便而用不同的尺度来衡量死亡
如果成熟的成年人因自我意愿而死，上帝没有理由抗拒。

好与坏

需要是发明之母
每项发明都需要谨慎
散步和跑步有益健康
一些人通过健身房创造财富
自行车是为了更快地移动而进入人类文明的
人们惊奇于两个轮子的移动方式
短时间内,自行车不再是奇迹
19 世纪,拥有一辆自行车是一种骄傲
如今,自行车被认为是穷人的座驾
汽车和摩托车把自行车挤到了幕后
但作为一种健康的交通工具,它的定位,自行车仍然可以做到
无燃料、无污染、无需停车位
在人多的地方,自行车又受到鼓励
零碳排放,是人类的伟大发明
更多使用自行车有助于改善空气质量
塑料的优点是重量轻,不易破碎
但在自然界中,塑料和聚乙烯不能被生物降解
聚乙烯和塑料使自然水体变得糟糕
在海洋动物的胃里发现聚乙烯是件可怕的事
玻璃虽好,但易碎且笨重不便携带
这就是为什么塑料很容易抢了风头

快餐不好，但没有聚乙烯就无法移动

没有塑料，飞机和汽车工业就没有希望

聚乙烯和塑料在科维德 19 时期为我们提供了廉价手套

否则，死亡将是另一种记录

每项发明和发现都有好坏两面

明智的方法和最佳的使用是不可避免的必要条件。

人们只欣赏少数几个类别

如果你唱得不好,没人会认出你来
除非你是演员或表演艺术家,否则不会有人认识你
除非你是政治家,否则人们不会听取你的好意见
如果你是魔术师,有些人会去看你
即使你以上帝和宗教的名义愚弄他人,你也是伟大的
你的勤奋和诚实得不到认可
如果你能把足球或板球踢得更好,你就会得到赞赏
优秀的作家和诗人只有少数勤奋好学的人才能记住
即使你一生都在为人们工作,那也无关紧要
你终有一天会像蜂巢里辛勤工作的蜜蜂一样死去
有时,即使你的人生伴侣也不会记得你。

科技创造美好明天

科技总是为了更好的明天和未来
科技与宗教一起塑造文化
宗教、文化、技术和经济现在是胶体混合物
没有技术，文明的结构就会过于脆弱
人类的进步将寸步难行
然而，科技始终是一把双刃剑
有些句子具有双重含义，或好或坏，随我们的理解而定
枪炮、炸药、核弹证明了技术可能是危险的
统治者和君王总是滥用它们，以致恼羞成怒
理性与智慧，人类必须学会驾驭科技
但迄今为止，人类的DNA已获得了自我和争吵的心态
用科技来满足自我、嫉妒和贪婪，将彻底摧毁人类文明。

人工智能与自然智能的融合

人工智能与生物智能的融合可能是危险的

对于人类来说,未来人工智能获得意识可能会带来严重后果

保护生物多样性的自然智能弥足珍贵

人工智能与自然智能的融合将改变进化的路径

毁灭进程将加速,然后将无解;

人工智能无法消除战争、暴力或不平等现象

相反,在融合过程中,人工智能将获得所有的坏品质

具有嫉妒、仇恨、自负和消极态度的机器人不会是珍贵的

不同克隆人工智能之间冲突的最终结果显而易见

使用核弹可能成为争夺霸权的不二法门

请停止通过法律行为能力将人工智能与自然智能融合。

在不同的星球

你的生命从六十岁开始，但在不同的星球上
对你来说，家庭的磁力变弱了
引力变得更强，所以你跳不高
当你奔跑时，喉咙很快变得干涩
爬树摘苹果，你不应该尝试
因为磁力变弱，能量需求减少
所以，你的食物摄入量和高热量物质会减少
当你遇到戴耳环和鼻环的年轻男孩时
你记忆中的美好青春岁月
没有人愿意倾听你的智慧和好故事
你开始在笔记本上写下甜蜜的回忆
只有你的朋友才会访问你的Facebook个人主页
因为他们和你一样，也面临着同样的趋势
六十岁后，你所生活的星球会变得不同
与你二十岁时的生活相比，毫无可比性。

毁灭的本能

人类从乞讨开始就充满了毁灭的本能

摧毁和杀死附近的氏族或部落是一种生存策略

入侵的军队总是试图最大限度地进行破坏

让战败者在适当的时候死于饥饿

战争、杀戮、奴役是人类文明的组成部分；

变得比邻国更强大仍然是普遍现象

优越感的自我意识总是释放战争的毒液

尽管人类的思想已经进步到足以创造出**人工智能**

但他们仍然无法与破坏性思维说 **"拜拜"**。

同样的心态，总有一天，他们创造的人工智能也会尝试

人类文明，将永远从这个星球上消亡。

胖子死得早

相扑运动员寿命不长,因为他们很笨重
大恒星也活不了太久,因为它们很重
它们会因自身引力向内拉扯而坍缩
引力塌缩迫使星际物质发生聚变
现在有些科学家说,宇宙不过是幻觉
为什么会有生命,为什么会有生命,没有答案
上帝粒子和上帝方程仍是遥不可及的梦想
即使上帝真的存在,要找到上帝也很渺茫
我们的存在究竟是为了什么还是什么都不是,这只是一个概率问题
好在基本力不会偏袒任何一方。

多任务处理并非良方

智能手机可以进行许多活动,但它不是生命体
树只能进行一种叫做光合作用的活动,但它是生命体
单靠多任务处理并不能使人或物成为优越的存在
树是食物和氧气的唯一来源,但反对砍树却没有阻力
每年都有数百万棵树被砍伐,用于农业和住宅用途
但科学家们没有提出生产食物的叶绿素替代来源
在研讨会和讲习班上,砍树问题被巧妙地处理掉了
结果,越来越多的灾难,大自然会慢慢强加给我们
全球变暖,智能手机和人工智能都无法缓解
为了补充被破坏的森林,人类必须生产越来越多的树苗。

不朽之人

动物不会意识到自己是凡人,也不会感觉到自己是凡人
它们的本能是动物的本能,是为了满足器官的需要
大多数人类也没有意识到自己是凡人
这就是为什么人们贪婪、堕落、好战
社会生活的基本目的现在变得越来越弱了
现在死于饥饿的人越来越少了
越来越多的人死于暴力和战争
就好像,为了基本的战斗本能,最高级的动物也投降了
就像猫狗一样,人们对邻居也越来越不宽容
除非人们意识到自己是凡人,在世上的时间有限
他将永远是自私的、贪婪的,对他来说,犯罪是件好事
千百年来,人类千方百计地获取财富
他还千方百计地保护自己的肉体,因为它非常宝贵
当他临死时,即使在那一刻,大多数人也没有意识到真相
就像蜂窝里的蜜蜂,他倒下了,死后留下蜂蜜给别人吃。

奇异空间

时间维度真的很奇怪
只有相对论能够改变
闲人和失败者没有时间
对成功者来说,二十四小时就够了
认为自己永远不会死的人,总是缺少时间
而那些认为"**我今晚可能会死**"**的人**,他们的时间却很充裕
时间从不区分贫富
在时间的核心里,种姓、信仰、宗教都不重要
对每个人来说,时间的速度都是一样的
要想在时间上留下足迹,就必须及时行乐。

生命在于不断奋斗

人生永远是一条不断奋斗的道路
我们每时每刻都会遇到困难
障碍可大可小，可怖可畏
压力之下，坚定不屈
如果停止奋斗，就会变成废墟
必要时，后退运球
下一刻，你会看到自己的进步
勇敢面对每一个困难，但要谦虚
有了自信，克服困难的能力就会加倍
永远不要忘记，生命就像气泡一样短暂。

越飞越高，感受现实

当我们从高空俯瞰
大房子变得越来越小
人类变得像细菌一样不可见
但它们确实存在，就像我们开始飞翔时一样
我们仍然可以用强大的望远镜看到它们
只是我们的位置是相对于宇宙飞船而言的
从高空俯视事物对思维来说很简单
把你的思想扩展到更高的层次，扩大它
琐碎小事，你永远不会遇到
消极的人，永远不会来迎接
带着放大和增强的心灵飞翔吧
尝试从一朵花到另一朵花采集花蜜
享受玫瑰、茉莉等花朵的芬芳
总有一天，你也会死去，把一切都保存起来
所以，为什么不飞啊飞，享受蜂蜜，世界就是你的。

应对生活

为了应对生活,头发变白是不够的
对于老年人来说,现代科技是艰难的
今天的技术第二天就会过时
下个月会发生什么,技术专家也说不准
人脑吸收和保留数据的能力有限
人类 DNA 的知识来自进化链
就像机器人一样,人脑无法安装智能设备
一个孩子需要大量的时间和耐心才能得到正确的训练
如果人工智能与意识和情感相融合
生物的改良和进化将失去意义
这可能会导致人类大脑的缓慢衰退和人类的退化
为了让人类生活得更舒适,人工智能可能不是最好的解决方案
。

我们只是原子堆吗？

我们是一堆质子、中子、电子和一些基本粒子吗？

岩石、海洋、云层、树木和其他动物是否也只是一堆？

那么，为什么有些原子堆被赋予了呼吸、生命和意识？

在相同的原子组合中，有的生命是无辜的，有的生命是危险的；

无论是上帝粒子，还是双缝实验，都没有答案

即使相隔数十亿英里，为什么两个粒子会纠缠在一起？

我们观察到的只是原子组合的累积效应吗？

但是，对于这个根本问题，我们仍然行走在黑暗之中

只有当科学给出完美的解决方案时，全能神才能被科学囚禁和放逐。

时间是没有存在的衰败或进步

时间什么都不是，而是不断衰减或进步的过程

时间本身并不存在，时间也不可能拥有任何东西

时间不一定从过去流向现在，也不一定从现在流向未来

以这种方式理解时间是我们大脑的天性

乌龟过了三百年也不知道过去

对于未来，两百岁的鲸鱼从来没有计划，也不构成信任

时间的测量是一个相对的过程，**它可以**识别缓慢的衰变过程

但千万年来，**高山和海洋**坚定地停留着

人类的大脑无法理解一百二十年后的时间

时间不是流动的，而是腐朽的，我们的头脑只害怕：今天让我们欢呼吧。

法老

埃及法老睿智而现实
他们清楚地知道，生活随时可能变得一成不变
法老加冕后立即开始建造金字塔
对他们来说，想要长生不老并不现实
他们从不指望心爱的人会建造纪念碑
在有生之年建造自己的坟墓更为贴切
印度古代也有老人去喜马拉雅山迎接死亡的习俗
在摩诃婆罗多战争中获胜后，潘多瓦人也走上了同样的道路
许多圣人尝试了各种方法和手段**来**获得永生
但他们认识到了死亡是最终的真理，因此表现得很理性。

孤独星球

我们亲爱的地球是太阳系中一颗孤独的行星
适合居住和有氧气的生物生活
数百万年的进化使我们成为了有意识的人类
但在这颗孤独的星球上，人类是孤独的
地球上可能有 80 亿活着的智人
每个人的一生都是孤独的，即使变得富有和聪明
我们总是声称自己是社会性动物，但实际上自私才是游戏规则
贪婪、自负和优越感让我们变得孤独
每个人也都知道，他们必须独自走完最后一程。

我们为什么需要战争？

为什么我们在现代需要战争
共产主义几乎已经死亡
种族歧视正在减缓
污染和对自然的破坏达到顶峰
科技将所有种族和宗教的人们结合在一起
但由于破坏性思维，文明的未来黯淡无光
人类好战的基因总是占上风
人类体内的和平基因太弱
上帝和科学都无法阻止战争和杀戮
发达国家仍在忙于贩卖军火
贫穷愚昧的国家成为战场
每时每刻都在担心核弹带来的最大伤害。

放弃永久的世界和平

几千年前,他教导我们非暴力
他认识到和平与沉默的重要性
但作为佛祖的信徒,我们却继续使用暴力
耶稣牺牲了自己的生命来阻止杀戮和残忍
他的教诲如今也从我们的价值观中悄然褪色
科技也未能将人类永久地融合在一起
永久的和平与友爱仍是遥不可及的梦想
每个人都热衷于为种姓、种族和宗教引发暴力
量子纠缠无法解释仇恨、贪婪、嫉妒和自我
除非从科技中找到解决方案,否则世界将无法实现永久和平。

缺失的环节

不能既吃蛋糕又吃蛋糕
这是违背自然规律的
你既不能回到过去，也不能回到未来
同时相信上帝和达尔文是虚伪的
我们都知道，这两个假设都不可能是真的
然而，我们却迟迟不能得出合乎逻辑的结论
人们为了方便而解释这两个假说
但这样的假说不可能是真实的，也不可能是科学的
达尔文的缺失环节仍未找到
这就是为什么大多数人都向上帝祈祷，寻求保佑。

上帝等式是不够的

猫不但没有死在箱子里,反而生下了一只小猫
没有人注意到猫怀孕了,也没有人对它进行测试
薛定谔把猫放进盒子,没有进行细微观察
预测的不确定性更为复杂
猫是死是活并不是唯一的问题
量子物理学必须给出太多的观点和解决方案
猫可能生了好几个孩子
打开盒子时死的少,活的少
仅有上帝方程和上帝粒子的答案是不够的
要解决宇宙的存在问题是非常困难的。

妇女平等

他们以享乐的名义残害孤苦伶仃的妇女
有时三个,有时四个,有时更多
动物本能以最恶劣的形式摧残女人
为了金钱,以公民自由的名义,摧毁女人的灵魂
他们自称是人性和文明的火炬手
在人们的思维过程中,没有理性和现代性
在优越感、自我和自由意志的驱使下为一切辩护
在他们的领土和文化中宣称妇女平等
一旦揭开面纱,你就能看到贩卖妇女的真相
对动物本能的剥削、残暴、非人的待遇令人瞠目结舌。

无限

无穷大减去无穷大不是零,而是无穷大
对人类来说,"无穷"是一个陌生的词
无限的概念仅限于智人
所有其他生物都对无限宇宙不屑一顾
人类的无限概念多种多样
我们的大脑无法理解,数字的计算以无穷大为终点
但对于星系和恒星来说,无限意味着无边界
在边界之外,我们的大脑和科学家都无法追踪
当上帝的概念出现时,无穷就有了奇异的基础
没有无穷大,数学和物理学就会陷入困境。

银河之外

宇宙有多大,人脑无法理解

速度和时间的障碍会把我们限制在银河系的范围内

即使是银河系也是如此广阔,要探索它的所有角落是不可能的

随着科学和人工智能对人类生命的亵渎,我们的生命也将变得短暂

在完成勘测和旅行之前,我们的太阳本身将永远暗淡和消亡

试图在时间维度内探索银河系之外的世界**是荒**谬的

要做到这一点,我们的生命必须超越时空的范畴

物质和星系的无限存在是一场奇怪的游戏

我们对宇宙的暗物质及其来源仍然一无所知。

天文学和探索银河系的旅程将是无限漫长的。

接受安慰奖，继续前进

过去、现在和将来，一切都不在我的掌控之中
然而，我总是对巩固奖感到满意
每当我一次又一次地站起来，即使是在大跌之后
从不向国王或朋友寻求帮助，使我步入正轨
我只对自己和自己的能力有信心
许多人一次又一次地想把我拉下马
我嘲笑他们，因为他们的努力都是徒劳的
对他们的愿望和努力，他们也从未掌控过
当他们**无法**让自己的人生变得有意义和伟大时
他们怎么能阻碍我现在和将来的活动
他们乐于浪费生命中宝贵的时间
闲聊和扯后腿是闲人的伴侣，就像一把无用的刀。

Covid19 **扣合失败**

科维德 19 **号未能扣**动人类文明和精神的扳机
所以，人们很快就忘记了人类曾经面临的灾难
现在没有人记得那些突然失去生命的人了
人们又开始忙于自己的日常生活，无暇回首往事
人类的贪婪、自负、仇恨和嫉妒依然如故
作为一个社会或群体，人们没有吸取共同的教训
人类的这种心态真的很奇怪，也很令人吃惊
好在这场戏还在继续，没有中断
为了在最严重的灾难中生存下去，对人类来说，这是最好的解决办法
让文明遵循自然选择的法则继续前进。

心态不要太差

你可以没有银行存款,但绝不能没有思想
无论何时何地,财富和金钱,你都能轻松找到
态度是攀登成功阶梯最重要的东西
在攀登后的每一个平台上,**你都会**发现满箱的钻石原石
现实生活中没有童话故事中的神灯,你必须切割钻石原石
在下一个阶梯平台上,必须对钻石进行打磨
如果你的态度是消极的,你就永远无法攀登高峰
你会一直在喜马拉雅山的最底层,成为赤贫者
当你的朋友和邻居成功时,你会大吃一惊
但他们从深海中采集珍珠的艰辛却无人知晓。

大处着眼，小处着手

当你思考时，要想得远大，并付诸行动
吃掉想法，喝掉想法，梦想想法
没有什么能阻止你把想法变为现实
全心全意地努力工作，坚定不移地坚持自己的想法
带着宏伟的想法和规划进入梦乡
新的道路和问题解决方案将在清晨到来
在每一个十字路口，都可能会有怀疑和困惑
但只要坚持不懈，就会很快找到解决办法
面对批评，不要放弃你狂热的梦想和想法
在你成功和达到顶峰之前，你总是会因为愤世嫉俗而气馁。

仅有大脑是不够的

大脑是智力和意识的必要条件
但仅有大脑还不足以产生情**感和智慧**
爱、恨、嫉妒时发出的神经元是复杂的
心灵与大脑的纠葛总是太复杂
所有哺乳动物都具有不同等级和水平的智力
在某些任务上,其他动物比智人更胜一等
每个动物王国都有不同的优势故事
好在关于天堂的意识,动物们说不出来
这并不意味着,除了人类,其他动物都会下地狱
只有对人类来说,虚构和欺骗才是最容易得逞的。

计数与数学计数与数学

人们知道吃一个苹果和吃两个苹果的区别
数字能力的概念与 DNA 有关
在数学被发现之前，大脑就能理解数字
甚至动物和鸟类也能在大脑中将数字形象化
诱导智能，现代数学的雏形
数学的发现是人类文明的巨大飞跃
没有数学，数以亿计的问题将无从解决
数字和语言能力是人类智慧的核心
要想取得进步和成功，这两部分非常重要
情商也是人类与生俱来的基因
经验和环境使智力、情感变得强大和纯洁。

记忆是不够的

仅仅记住事实和数字并加以复制不是智慧

知识本身不是力量,而只是力量的武器

想象力和创新比记忆力和知识更重要

我们必须接受和承认人工智能拥有更好的记忆力

然而,人工智能很难在创新和发明方面打败人类

我们拥有想象力、情感和智慧,而这正是人工智能所缺乏的

在发明和创新的竞赛中,人类拥有 DNA **的支持**

在计算机和 ChatGPT 时代,思维要超越黑箱和边界

你的想象力和智慧是独一无二的,给它插上翅膀吧

在与人工智能和计算机的较量中,人类必将取得胜利。

付出越多，收获越多

为弱势群体付出越多，收获越多
慷慨是人类崇高而伟大的价值观
吸引力法则不会让你的净资产减少
牛顿第三运动定律适用于生活的各个领域
自然法则就像水管一样畅通无阻
善行的果实可能需要更多时间才能成熟
但可以肯定的是，终有一天，它会以不同的形式出现
当你种下一棵苹果树时，自然不会结出黑莓
这种果实，你无法改变，它是大自然自己的领地
为了更美好的新世界，美德永存，团结一致。

放手与遗忘同样重要

生活融合了太多的身心折磨
因为我们 DND 的战斗精神,我们总能找到方法
折磨让我们的身体和灵魂变得更加坚强,就像钢铁的锻造
大多数伤痛,我们的复原系统都能轻易治愈
治愈心灵也许很难,但时间和形势迫使我们前进
生活中最棘手的问题,时间总有一天也能解决
遗忘是平衡心灵的良好美德
在密不透风的记忆中,我们的生活将变成监狱和地狱
忘记屈辱和折磨的生活,放手很重**要**
人工智能就像记忆一样,对人类大脑具有灾难性的效力。

量子概率

我们的存在与死亡是宇宙中唯一的奇迹
无奇不有，万事万物都遵循着特定的规律
在整个星系中，没有荒谬、限制和缺陷
原子、基本粒子或中子衰变并不新鲜
自物质形成之初，物理学的变化就很少
相对论、量子力学可能是人类文明的新知识
但早在人类之前，大自然就已经完成了所有的标准化工作
物理学或任何过程都不能强迫质子围绕电子旋转
物质世界形成之初，没有自然选择
我们所有的知识都是量子概率和排列组合。

电子

宇宙物质本身就不稳定
因为电子无法保持安静
电子是最重要的粒子之一
但它的行为和特性并不简单
电子在原子中的存在是辩证的
要结合质子和中子，电子的作用至关重要
可能因为电子不稳定，混沌总是在增加
宇宙和造物的熵永远不会减少
孩子通过 DNA 出生时的啼哭就是电子的作用
无序和混乱会增加，新生儿也会反映出来。

中微子

中微子是强大电子的伴侣

然而，它们却被忽视了，不像它们的同类那样受欢迎

它们能穿透万物，被称为幽灵粒子

没有人知道它们是否是振动弦的波

我们也不知道它们是如何在宇宙旅行中获得质量的

但作为基本粒子，中微子意义重大

中微子有三种不同的味道，令人兴奋

即使面对上帝粒子希格斯玻色子，中微子也很狡猾

中微子来自太阳和宇宙射线

粒子物理学还有很长的路要走，关于鬼魂中微子，可以这么说。

上帝是个糟糕的管理者

上帝是一位出色的物理学家和工程师
但他是一个糟糕的管理老师和坏医生
对世界的管理非常糟糕,冲突不断
他通过签证限制人类的流动
对低等动物和鸟类没有限制,原因不明
他对动物的仁慈却少得可怜
战争和极端分子每天都在杀害儿童
但他从未说过要停止对他最喜爱的动物的这些残忍行为
每年有数百万人死于不治之症
医生们赚了很多钱,他们赞美上帝的这些活动
工程师不计后果地创新
以拯救生命为名,医生们经常在序列上出错。

物理学是工程学之父

物理学是所有工程学科之父
电气是电子之父，但两者都不简单
机械是生产工程之父
机电一体化在"**父亲**"**地位的反**驳中备受煎熬
土木工程有许多没有 DNA 联系的养子
化学工程忙，分子如何思考
物理学最小的孩子，计算机科学现在是国王
他们淘汰了所有工程学，在擂台上称王称霸
智能手机和量子计算将帮助他们多统治几年
当人工智能与大脑融为一体时，每个人都会说"干杯"。

人们对原子的认识

普通人对原子的了解仅限于电子
他们满足于了解质子和中子
他们无需担心光子、正电子或玻色子
人们满足于了解苹果下落的过程
在这一过程中,由于人口的增加,苹果的成本也在上升
电脑和智能手机有助于知识的普及
但人们只是用它们来打发时间和消遣娱乐
书籍在传播电子、中子和质子知识方面发挥了更好的作用
即使掌握了谷歌和维基百科,也不知道玻色子的存在
技术越来越多地被用来为过时的宗教辩护。

不稳定的电子

波函数在我们不知情和观察不到的情况下坍缩
电子发射能量,以光子的形式留在轨道上
对于电子的非塌缩,保利排他性原理是解决之道
电子在原子核中的概率无法确定
海森堡的不确定性原理试图说明不确定的位置
原子结构是电子围绕原子核旋转的容器
自由电子失去能量,使原子在自然界中保持稳定
但电子不可能在系统中永远如此
由于重力作用,当质子俘获电子时,它就变成了中子
最后,一切都会坍缩成银河系中的黑洞,这是我们无法想象的
。

基本力量

引力、电磁力、强核力和弱核力是基本力量
这四种力是宇宙和星系的支配和控制源
没有这些基本力,任何物质都无法存在
强核力和弱核力是原子结合的源泉
没有引力,恒星、行星和星系就会发生碰撞
电磁力是我们大脑功能和交流的基础
因为有了这四种力,才有了行星组合的存在
为什么会有这些力,以及这些力是如何产生的,很难说得清楚
宇宙大爆炸后原子的结合就是因为这些力慢慢产生的
在大爆炸后的冷却过程中,这些力使一切变得井然有序。

智人的目的

几十亿年来，地球上的生物没有任何目的

大约一万年前，人类的目的突然出现了？

没有任何生物知道他们在这个充满阳光的星球上的目的是什么

然而，在阳光的照耀下，这个被人类称为地球的星球变得明亮起来

我们的祖先猴子和黑猩猩守护着这个星球

一旦人类意识到自己的智慧，他们就会明确自己的目标

智人认为，所有其他动物都是他们的仆人

人类的目的可能是他们自己的想象

接受目的假说，没有科学解决方案

达尔文的自然选择理论与目的论相矛盾

但由于自然选择存在缺失环节，大多数人接受了这一观点。

失联之前

在进化过程中缺失的环节之前
进化过程又取得了突破性的成功
那就是 X 染色体和 Y 染色体的分离
性别中立的生物也有了繁殖能力
为了性和生殖，中**性染色体不需要**诱惑
染色体的性别分化造成了不平等
男性和女性两种独立的 DNA **代码坚定地出现了**
性别分化是为了提高繁殖能力
还是为了使高级生物的进化变得简单？
X **染色体和** Y **染色体都是一堆原子**
但它们的特征和属性却各不相同，而且是随机的
就像缺失的一环一样，性别为何分化、如何分化，我们无从下手。

亚当和夏娃

神话中的亚当和夏娃代表 X 染色体和 Y 染色体

两者交配产生新的生命,即下一代

DNA 携带着遗传特征和信息

基因负责变异和不断进化

信息载体 DNA 是自然选择的造物主

意识是否来自信息尚不明确

粒子的量子纠缠让我们疯狂

在纠缠的过程中,许多人天生懒惰

从原子组合到人类拥有生命的全貌还很模糊。

虚数是困难的

虚数难以想象和理解
复杂的事物，我们的思维和大脑难以理解
看得见摸得着的东西，大脑很容易展开
困难的练习，大脑总是喜欢冷藏起来
所以，要表达复杂的事物，比喻是非常大胆的
看得见、摸得着就是信，是人的基本本能
对于想象中的物理和哲学，兴趣是有限的
探索新事物和新思想，想象力是最好的选择
没有想象力，无论可能与否，科学都无法前进
当你发现或发明新事物时，你总会得到很好的回报。

反向计数

在开始比赛的最后阶段，总会出现倒计时。
因为在这个阶段，心理压力是巨大的，而且越来越大
在逆向计数中，零点被视为起点
旅途或比赛的最终成败只与零点有关
当你在人生的精彩道路上足够成熟时
学会倒计时，获得更大的成功
没有反向计数，就没有最终目标
人的一生太短暂，无法逐步数到无穷大
倒数是团结一致走上正轨的唯一途径
如果你没有开始倒数并取得成功，不要责怪命运。

每个人都从零开始

我们生来就会从零开始哭着数数
在向前数数中,成就更多,你是英雄
时间不允许我们大多数人数到一百以上
到了九十,人们就会放弃热情,缴械投降
五十岁时,当我们处于中间位置时,最好开始倒数
它将帮助你感恩生活,微笑面对人生的收获
不知不觉中,人们开始数年、数月、数日
明天,许多人将看不到清晨的阳光
如果你及时开始正数和倒数
当你的时间结束时,你一定会到达顶峰。

伦理问题

我们所有的知识、经验和智能都是自己获得的
人工智能来自可观察到的世界，我们的大脑也需要
如果我们试图亲身经历一切，很快就会感到厌倦
未经验证就采用他人的知识，本质上是人为的
很多这样的知识在未来被证明是错误的
爱、恨、愤怒等情绪也可以由大脑假装出来
出于种种原因，我们试图训练大脑，人为制造微笑和欢乐
人工智能是人类文明进步的一部分
没有人工智能，就不会有更快更迅速的成功
自然智能与人工智能的融合是最困难的任务
在与人脑完全融合之前，社会必须提出伦理问题。

全新唐书

人的一生是四个象限的时间之旅

如果你能完成所有四个象限的旅程，你就是幸运和优秀的。

每个人都必须经历二十五年的学习生涯

肉体的成长到达终点

由于不确定性，所有人都无法幸运地跨过第一个象限

死亡的时间和年龄仍然是人类的奇迹

在 25 岁的第二象限，你忙于工作

为了寻找更好的生活和未来的保障，每个人都在奔跑

有些人没有伴侣，为了享受而独自行动

第三个象限是巩固和微调的时期

你的知识、技能和财富开始积累

你开始计算你的红利、成功和关系

在第三象限，你是老板和首席执行官，领导其他人

慢慢地，你失去了对更多财富和更远发展的渴望

自我实现和认识内在自我变得越来越重要

当你进入第四象限时，你的影子变得很长

身体得了太多疾病，你不再强壮

压力、糖分和其他疾病都需要通过药物来控制

药物的副作用也很严重，可能会致人死亡

有时，看到医疗账单，你会变得忧心忡忡

没有人愿意照顾你，大家都在忙自己的事情

你的大多数朋友也离开了这个世界，朋友变得多余
高效、明智地开展每个象限的活动
第四象限结束时，你一定不会后悔。

火力

火的发明改变了人类文明的进程
它为火力镇压冲突奠定了基础
越是拥有压制弱小动物的火力
扩张和生存的可能性就越大
火力帮助人类适者生存、不断进步
由于森林大火,许多动物走上了退步之路
人类心中仍有火的正反两面
历史上毁灭性的战争证明了这一点
然而,积极的心灵之火有助于人类的建设性发展
但对于人类文明而言,现代科技的火力可能是决定性的。

黑夜与白昼

每当我哭泣的夜晚
世界依然羞涩
为了安慰,宇宙没有尝试
痛苦变得煎熬
心灵空虚干涸
孤独的云雀在飞翔
整个夜晚都是我的
有一天我将孤独死去
对于死去的我,人们会说再见
然而,当太阳升起,精神高昂
白天,没有时间哭泣
没有理由
只有我必须去做,去死。

自由意志与最终结果

堵车时，我可以自由选择向左或向右行驶

但每当我做出自己的决定，车流就变得紧张起来

无论是左转、右转还是 U 形转弯，**未**来的旅程都鲜有光明

为了前进的每一米，我都被迫与命运抗争

自由意志下，相恋十年的情侣决定结婚

以游乐场为目的地，举行了婚礼

三个月后，所有人都惊讶地发现他们分开了

年轻人带着自由意志，为了美好的未来，登上了飞往国外的航班

然而，即使有了自由意志和满怀希望，他还是在飞机失事中丧生了

自由意志与最终结果之间存在着不确定的关系

命运或不确定性原则随时都可能降临。

量子概率

宇宙起源于量子粒子的混沌过程

随后的一切都是量子概率

恒星和其他天体在有序的轨道上旋转

但作为一个整体,宇宙、星系总是打算生锈的

为了生存,宇宙的熵必须不断增加

要解释宇宙的膨胀,暗能量必不可少

多元宇宙不过是一种没有证据的量子概率

在每一种宗教哲学中,多元宇宙都有其不可忽视的根源

物理学对我们的起源也有不同的理论和假设

到目前为止,简单而终极的现实真相仍是虚幻的,没有人看到过。

死亡与永生

我庆幸自己是凡人，到这个世界只是几天的旅行者

我更高兴的是，其他人都是神仙和服务提供者

不朽的亲朋好友将在我离去时道别

没有人会知道，我的下一局，如果有的话，我将如何开始

一个星期后，所有人都会忘记我，因为人们都很聪明

他们会忙着去超市，装满他们的家用购物车

即便如此，时间还是会以同样的方式流逝，日复一日，月复一月，年复一年，非常快

因为不朽，他们可能永远不会疲倦，不会腐烂，不会生锈

百年之后，可能会有人纪念我的百年诞辰

千年之后，也许有人会在网上找到我，也许会说我是当代人

但他的反应将是毫无感情的、瞬间的

死亡与永生并存，人们不愿死亡

然而，直到生命的最后一天，我也不会尝试长生不老。

十字路口的疯女人

她漫步在十字路口，每天笑着，微笑着，自言自语着

从不在意谁来了，谁走了，对别人的目光一点也不感兴趣

不在意脏兮兮的衣服，不在意没有化妆的脸和满是灰尘的头发

如果微笑和欢笑是幸福的标志，那么她一定是幸福的、同性恋的

她也一定是一堆质子、中子、电子和其他基本粒子

遵循同样的运动定律、万有引力定律、电磁学定律和量子力学定律

然而，她与众不同，可能是不稳定电子的不羁行为

医生们无法给出任何解决方案，说明她为何与众不同并得到治愈

无法真正解释她意识中的不对称行为

她的意识和神经元发射超出了量子理论的解释范围

人们对她的笑脸和幸福表示怜悯和惋惜

但是，无论量子观测者如何观察，她都快乐地生活着。

原子与分子

分子可能不是创造地球和宇宙的基本要素
碳、氢、氧、硅和氮造就了地球的多样性
钙、铁、钠、钾都以分子的形式沉浸其中
没有原子的结合，就不可能有分子，这是事实。
但是，如果不成为分子，元素的存在就无法累积
中子可以衰变成质子，电子可以衰变成不同的原子
质子和电子的结合也是随机发生的
蛋白质和氨基酸以分子的形式出现，使生命成为可能
不可能在原子状态下进行光合作用，为动物界提供食物
由于分子不像原子那样不稳定，所以分子是我们生存的可靠保障。

让我们立下新的决心

河流、湖泊、海洋都有底部
每个水体的深度不是对称的,而是随机的
山丘一年四季或高或矮,或绿或白
但万物的特性,原子才是最重要的
自然之美、星辰之美、女人之美,都是原子堆砌而成的
没有照片,谁也无法看到万物之美
基本粒子和原子,在组合中创造了一切不同
人类无法控制早期形成的任何东西
人类也无法加速或减缓进化过程
为了让世界变得更美好,我们可以用爱和兄弟情来解决问题
。

费米-狄拉克统计

在我们的日常生活中,我们会看到无数没有交流的人。
费米-**狄拉克**统计可以给我们一个合理的理解方案
该统计量既适用于经典力学,也适用于量子力学
每个人都有不同的心态、态度和动力
每个基本粒子都有自己的热力学平衡方式
即使没有可测量的质量,粒子也有其动量
玻色-爱因斯坦统计也适用于相同的、无法区分的粒子
描述粒子的整个过程复杂而不简单
在无穷无尽的宇宙中,我们的理解力总有一天会瘫痪
但人类思维和物理学的好奇心从未完全屈服。

非人心态

人们变得没有人性和残忍
虽然现在没有历史上的决斗
但滥杀无辜，小事也能火上浇油
容忍度的下降速度超过了递减规律
如果你坚持真理和正义，下一颗子弹可能就轮到你了
为小事，许多城市的人们疯狂燃烧
无论何时何地，无论何种原因，致命的暴力都可能卷土重来
现在的人类渴求人血
世界上死于暴力的人数比死于洪水的人数还多
耶稣为人类所做的牺牲，如今却成了风向标，因为残酷达到了顶峰
暴力、战争、仇恨、不宽容，人类的结构很快就会破碎。

业务流程

生命只是一个商业过程，是为了最大限度地提高生产力和利润还是一个促进进化和进步的自然过程？

现在，整个社会都成了推销产品的场所

如何愚弄他人已成为生存和适者生存的一大技能

不可能继续追求真理和简单诚实

对财富和成名的无限贪婪不择手段

为了丰富精神生活，没有人愿意花时间或看书

在市场上，你必须以某种方式销售你的服务或产品

从社会结构、人际关系和价值观来看，它总是扣分的

如果你不能进行市场营销，赚取利润，那么你的人生将一事无成。

安息（RIP）

我死后，可能会有人写讣告
但告诉人们安息将是首要评论
现在没人再问我是否安息了
就连我最亲密的朋友也是如此
我也没有问过任何人，他们是否安息
我的朋友死后到现在，我也是同样的下场
现在，死亡对我们所有人来说都很廉价，毫无感情可言
尽管有一天每个人都会登上巴士
死后，和平与幸福变得无关紧要
安息是现代生活方式的专利
人们太忙，没有时间安息
死后向朋友说声"安息"既简单又美好。

灵魂是真实还是想象？

由于没有科学证据，灵魂的存在一直受到质疑
生物的意识是真实存在的，但这是天意吗？
灵魂的假设根深蒂固，在一个又一个文明中得以延续
灵魂及其死后的延续是大多数宗教的组成部分
为了证明这一点，化身和先知是宗教的解决方案
然而，由于至今未能找到肉体与灵魂之间缺失的联系
高阶意识的原因也仍未得到解答
在无穷无尽的星系中，科学的探索只是微不足道的一粒尘埃
关于灵魂和意识的相关问题，科学必须给出答案
否则，在时间的长河中，许多科学假说都将锈迹斑斑。

所有灵魂都是一个整体吗？

不同生物的灵魂是同一个软件包的一部分吗？
每个灵魂都有量子纠缠，但包袱不同
同样经过进化，所有生物都有生态束缚
许多物种灭绝了，因为随着时间的推移，它们没有进步
人类，自诩为至高无上的动物，现在却在寻找那些拯救者
然而，生活的软件和硬件之间的关系却缺失了
科学、宗教和哲学都有自己独特的思维方式
没有人能令人信服地证明自己的假设是正确的
当探究者提出棘手的问题时，每个人都会退缩
在灵魂与肉体的关系问题上，到目前为止，宗教的影响更大。

核心

没有原子核，原子就无法形成或作为原子存在
基本粒子本身不能形成物质
宇宙中的万事万物都可能有一个更好解释的假说
没有太阳，太阳系就无法存在和延续
卫星也是一种平衡力量，并不是为了人类的乐趣
没有能量巨大的中心核，宇宙不可能井然有序
无论是上帝还是其他什么，物理学都必须进一步挖掘
恒星和星系之间的距离是我们的火箭无法企及的
迄今为止，要探索银河系的每一个角落都不是我们的囊中之物
然而，很多人已经做好准备，购买昂贵的机票，永远前往太空
这种对未知世界的好奇和渴望就是文明
量子技术将推动太空探索
直到我们找到恒星结合背后的终极核心或真相
让人们为自己的宗教信仰和祈祷感到幸福吧。

超越物理学

在奇异的物理学世界之外,还有生物学世界
原子的组合造就了蛋白质分子
病毒和单细胞生物诞生了
信息载体 DNA 启动了进化过程
物理学和生物学的相互联系可能会给出根本性的解决方案
通过遗传学的逆向工程也许可以知道生命是如何产生的
对于万能的上帝来说,游戏内部可能什么都没有
在物理学之外,还有爱、人性和母性赋予新的生命
就像质子和电子的结合,我们有了丈夫和妻子
量子力学之后,创造之谜仍将继续
一些物理学家会用新的假设给我们带来新的生存理念
生命将继续与人工智能和战争竞争
人类可能找不到存在的理由,但会在恒星上殖民。

科学与宗教

科学从不引用宗教典籍来证明自己的理论

科学理论和假设并非基于记忆

文明初始阶段的宗教典籍世代相传

这些文本总是试图从科学中得到证实

如果上帝存在于另一个星系，宗教文本不是他的版本

宗教领袖没有办法用证实来证明这一点

他们常常引用一段经文来证明它是基于**科学的**

但却没有基本定律的数学参考来辩护

先知和宗教统治者不是科学理论的发明者

与自然相似，自然法则只是推论

宗教和科学可以是生活这枚硬币的两面

但在实验室或物理测试中，宗教就会滑倒。

宗教与多元宇宙

无论身在何处，都要幸福安康
这是大多数宗教对灵魂的看法
这是否意味着宗教了解平行宇宙
或者说，这是让亲近的人孤独的最简单的方法
少数宗教固有几个宇宙的概念
但它超出了量子纠缠和具体决议的范畴
即使是当今的平行宇宙概念也是没有方向的
物理学深入原子和基本粒子内部
与其具体化，不如从哲学角度看待障碍
即使在更大的宇宙中，宇宙常数也是不同的
于是，整个理论或假说开始受到怀疑和质疑
宗教是信仰，信徒从不求证
即使是最科学、最理性的头脑，也不会说观点是愚蠢的。

科学与多元宇宙的未来

人死后，亲属说，无论你在哪里，都要安详地活着
这种宗教观念在社会中根深蒂固，影响深远
人们从离去的痛苦中获得安慰，并试图抚平伤疤
大多数人并不了解量子纠缠
多元宇宙是否存在，对他们来说根本不重要
和所有动物一样，人类也害怕死亡和离开这个世界
因此，生活在另一个星系的概念可能已经展开
我们的文明也有可能比证据所说的更古老
数百万年前，一些先进的生物可能已经来到了这里
来自这个世界的人类可能与这些生物有过交流
一旦他们出发前往目的地，人类就开始祈祷
其他宇宙的存在是通过口耳相传而来的
从长远来看，其他宇宙生命的存在变得很有说服力
物理学现在有了解释自然的多元宇宙假说
如果多元宇宙真的存在于其他星系中，那么科学的未来将与众不同。

蜜蜂

在这个世界上,大多数人类像蜜蜂一样生活

从上往下看,巨大的建筑就是树木

在居住社区里,他们没有自己的身份

然而,就像蜂巢中的蜜蜂一样,每个人都团结地生活在自己的家中

他们为自己的后代辛勤劳作,不眠不休

总是想方设法给孩子最好的东西

就像蜜蜂一样,他们只有在夜晚才能休息

有一天,他们的双腿变得无力,无法行走,双手也无法工作

那时,他们的孩子已经长大成人,开始摇摇晃晃了

在养老院或精神病院,残废的身体被锁起来

每个人都忘了,曾经他们是如何努力工作的

就像蜜蜂一样,他们也会倒在地上,没有人注意到

但在青葱岁月里,为了享受生活,有些人你无法说服。

结果相同

量子力学从不区分乐观主义者和悲观主义者
区别**可能是因**为量子概率或纠缠
乐观主义者和悲观主义者是世界上同一枚硬币的两面
但是，在日常生活中，他们会以不同的方式、不同的方式展开
在板球和足球比赛中，即使输掉了掷硬币，你也能获胜
悲观的人可能会在十字架的祝福下长期获胜
乐观并不能保证一生成功和幸福
从长远来看，对许多乐观主义者来说，乐观只是一种炒作
悲观主义者只死一次，而且死得很快乐，没有任何失败的遗憾
乐观主义者在每一次梦想破灭后都会死上好几次，这是肯定的
无论是乐观主义者还是悲观主义者，唯一的办法就是继续前进，完成游戏
尽管自由意志、努力工作、量子纠缠都会带来相同的结果。

有和无

有与无，无与有
上帝，没有上帝，没有上帝，上帝比鸡蛋和母鸡更令人费解
大爆炸还是无始无终，只有膨胀和膨胀
暗能量或没有暗能量，宇宙在膨胀或只是海市蜃楼
反物质和基本粒子各司其职，各显神通
是先有物理定律，还是先有宇宙？
这也是一个严肃的问题，就像有和无一样，不应该生疏
要认识自然和宇宙，每个问题都必须有答案
如何将物理学、生物学、化学、数学融为一体？
人类的情感和意识也有不同的运行
不确定的还有万物之表、万物之理能否转动
在这两者之间，宗教拥有迫使世界燃烧的力量
即使在基因组测序和认识量子纠缠之后
人们还是乐此不疲地信奉宗教
因为物理学还远未决定一切。

最好的诗歌

有史以来最好的科学诗歌是关于质量和能量的
这使得空间、时间、质量和能量得以协同解释
E 等于 m c 的平方永远地改变了物理学中的许多事情
任何科学定律（如物质能量关系）的普及都是罕见的
就连牛顿运动定律的普及率也依然落后
物质-能量二元性摧毁了经典物理学的统治
它开启了量子理论和力学的未知世界
物质能量方程是解释大部分可见世界的诗歌
相对论给出了许多无法解释的事物的解决方案
万有引力、电磁力、强核力和弱核力看不见摸不着
但它们在工程中的应用，使现代世界成为可能
在解释自然哲学时，诗歌和物理学是相容的。

头发变白

白发和衰老并不意味着知识和智慧

即使到了八十岁以后的人生尽头,许多人仍然生活在愚人的王国里

大多数人没有从经验和过去中吸取教训

因此,他们的不成熟和愚昧一直持续到生命的最后一息

拥有学位和财富并不能使人成为君子

心中没有价值观和情感,只能成为推销员

有知识、有智慧、有价值观,才能成为本质上的好人

即使面对最贫穷的人,也不能**表**现得粗鲁无礼

现在的社会更需要以价值观为基础的诚实的人

我们不需要专业人士,也不需要受过教育但思想腐朽的人。

不稳定的人类

大多数人情绪不稳定，有心理健康问题
年轻人的不羁行为，电子可能有线索
物理学可以解释，为什么天空看起来是蓝色的，但其实是假的
即使是现在，药物也无法快速治愈感冒和季节性流感
为什么有些病毒仍然不可战胜，物理学和医生都没有答案
对天气和降雨的完美预测是非常有限和罕见的
在人的一生中，大脑会发射数十亿个中子来表现情绪
但它会以何种方式表现出来，没有物理学家能给出正确的预测
未来每一刻的量子概率都是无限的
在任何时刻、任何事故中，最好的医生都可能丧生。

让诗歌像物理一样简单

为什么诗歌不能像数学和物理那样简单？
真理总是简单明了的，不需要艰深的词语
诗歌不必艰深得超出普通人的理解能力
诗歌不仅仅是精英阶层了解内心表达的工具
就像行星运动的规律一样，诗歌应该简单而优美
诗歌必须能够注入更好的人类价值观，使生活变得欢快
牛顿定律简单明了，易于理解
整个行星运动，我们可以用简单的方式告诉周围的人
E **等于ｍｃ的平方**，解释了物质和能量的二元性，并不复杂
物理与诗歌相得益彰，让生活更美好
艰深的文字，只有内在的意义，诗歌才不会变得更强
诗歌没有定义，它的边界不如银河之外的星系
关于数学和物理，一首简单的诗歌就能轻松道出。

伟大的马克斯-普朗克

量子力学是在宇宙诞生后立即发展起来的
基本粒子的行为是不稳定、随机和多样的
很快，电子、质子、中子、光子在适当的时候出现了
没有人知道所需的初始火花和力量从何而来
数十亿年来，有序的奇点走向混沌，熵不断增加
宇宙、物质和能量是旧摹本的新原型吗？
马克斯-普朗克在人类来到地球之后发现了量子理论
他的发现催生了现代物理学和量子力学
虽然人类是通过进化过程来到这个世界的
电子、质子、中子从未经历进化，物理学无解
在解释物质能量从何而来方面，仍有太多缺失环节
在宇宙的创造过程中，物理学和进化论并不是唯一的游戏。

观察员的重要性

曾经统治世界的是恐龙和其他爬行动物
在进化和自然选择的作用下,一些物种开始飞翔
聪明而慵懒的物种则留在海洋里
在恐龙的黄金统治时期,地球围绕着太阳运转
向日葵知道日出和日落,并随之转动
没有生物关心地球的自转和公转
甚至比起导航,候鸟也是非常准确和聪明的
几千年来,即使是智人也不知道公转
直到聪明的伽利略给了世界一个令人震惊的激进假设
动物并不反对自转和公转理论
但智人却坚决反对伽利略和他的理论
伽利略因为与众不同的思想和古老的信仰而入狱
但作为真理的先驱,他证实了自己的理论,并试图反抗
他说"尽管如此,它还是在运动",这说明了观察者的重要性
只有拥有知识和想象力的观察者才能永远改变世界
相对论在太阳系诞生之初就已存在
爱因斯坦进行了观察,并将其列为物理学新项目
现在,量子纠缠证明了观察者的重要性
但现实是连续不连续的,甚至宇宙也不是永恒的。

我们不知道

死亡是人类波函数的崩溃吗？
质子、中子和电子堆需要时间衰变
基本粒子的量子纠缠是否在坟墓中继续？
我们在量子场论或量子力学中找不到答案
唯一的希望是，等待万物理论来解释它
即使到那时，也没有人知道它是否会被埋葬
在时间的长河中，新理论、新假说会层出不穷
科技的进步永远不会变得缓慢
每一种理论和假说都会带来新的光芒
然而，对于某些问题的答案，科学和哲学可能会说，我们不知道。

什么是新兴

意识、量子纠缠和平行宇宙正在出现
从无到有的大爆炸正在慢慢降级
没有结论的暗能量、黑洞和反物质在振动
弦理论和宇宙边缘与时间旅行仍令人困惑
人工智能和人脑连接很有趣

上帝粒子并非像我们想象的那样变得无所不能
核战争随时可能爆发，人类文明可能沉沦
有了量子物理学，爱恨情仇、自我和生理需求就没有联系了
性别平等和天空粉红还需要几千年的时间
没有人关心环境、生态，看到他们的眨眼睛

人类的不道德行为可能会彻底改变生物的生态系统
然而，人类的生活将在贪婪、自我、嫉妒和自尊中继续下去
万有引力、核力、电磁力仍将是基本要素
为了维系人类社会，爱、性和上帝仍将发挥重要作用
到达系外行星的科学和技术进步将是指数级的。

乙醚

我们的父亲说，他们在学校和大学里研究过乙醚
关于以太，他有很多信息和渊博的知识
以太在解释光和波的传播方面起着重要作用
以太被认为是无重量的，在自然界中是不可探测的
但相对论和其他理论注定了它的未来
以太假设从我们的课本中消失了
对于我们的物理课本，我们的父亲曾有过惊讶的表情
现在，我们有了暗物质和暗能量，乙醚已经成为历史
百年之后，暗能量和黑洞可能有相同的故事
物理学也在不断发展，就像自然界的生命进**化一样**
总有一天，我们的子孙会把今天的物理学当作故事来讲述。

独立并非绝对

独立不是绝对的,它是相对的,受到社会、国家的限制
绝对的独立并不可取,可能会导致混乱和毁灭
自由意志也受到自然力量和量子概率的限制
要发生具有自由意志的行为,我们只能寄希望于存在的可能性
即使概率很低,波方程也可能坍缩为负数
这是因为,自然界的万事万物并不是以同一尺度来衡量的
我们的希望是带有意识和神经元的复杂情感
波函数可能会因为环境的限制而坍缩
这并不意味着我们的自由意志永远看不到光子的形式
有时,结果或果实会变得非常激动人心,过于耀眼
因为结果或果实是未来领域的时间产物
我们的目标和责任是用自由意志做出最好的行动,其余的交给自然。

强制进化，会发生什么？

从病毒到变形虫再到恐龙和其他物种，进化不断向前发展
强大的恐龙灭绝了，但许多物种幸存下来并继续前进
最终，智人诞生了，地球母亲得到了最好的回报
从海到岸，从飞到空中，从猴到人，虽然缺少了一些环节
进化是通过生存的自然选择，在伊甸园中产生人类

进化不是从高阶开始的，而是向后发展的，是无序的增加
这是因为宇宙的熵在时间领域从未减少过
时间可能是一种幻觉，过去、现在和未来之间的差别微乎其微
但是，做得更好和向前发展是大自然固有的属性和文化
在人类文明中，火和轮子也出现在农业发现之前

千百万年来，生与死是所有生物的一部分，无论弱小还是强大
只有一些树木、乌龟和鲸鱼曾经活得很舒服。
科学家们现在说，长生不老只是智人的专利，其他人都不行
没有人知道在不朽的王国里，我们的动物兄弟会发生什么
长生不老的人，会为他们已经死去的母亲和父亲哀悼吗？

英年早逝

大自然赋予人类的最佳寿命是一百二十年
这种寿命是通过自然选择过程产生的
人为地延长人类寿命，可能会导致自然过程的稀释
谁也不能断言生态不会遭到破坏
只关注智人，忽视其他人，是愚蠢的想象

一百二十年的时间足以探索当今世界
到了那个年龄，对于生活在地球上的人类来说，没有什么是不可能的了
他将实现自己的使命和目标，达到自我实现的阶段
对他来说，重要的不是购买消费品，而是精神生活
我是身心平衡的人，亲朋好友的离去会让我产生怀疑。

现在的世界很小，适合旅游观光打发时间
当人类发展到太阳系外定居时，年龄越大越好
前往系外行星旅行时的相对性可能会让他们保持年轻的体态
在数百万光年的新地方定居，心灵也会保持强大
在此之前，更好地去爱、去微笑、去玩耍、去保护环境、去英年早逝。

决定论、随机性和自由意志

我在十字路口随意选择了射击路线
但由于暴风雨的随机性，树木倒在了我的车上
我在医院病床上躺了一周的时间是注定的吗？
我本可以选择在高速公路上前往目的地
是谁，为什么中途无缘无故地停止了我的行程？

在日常生活中，我们曾多次感到困惑，为什么我会做出这样的决定？
如果我选择另一条路，生活会变得更好
因为随心所欲，我们把自己推向了本可以避免的境地
自由意志也总是不能让我们心无旁骛地选择最好的道路
即使有了自由意志，海森堡的不确定性原理是唯一的解决办法吗？

不管有没有物理知识，事情都会发生
再好的汽车司机，有时也会遭遇非同寻常的车祸而丧命
在剖腹产手术中，为了挽救产妇和新生儿，妇科医生总是想尽办法
但是，他们的努力和经验对某些人并不奏效。
健康母亲死亡的原因谁也无法解释。

问题

问题无处不在，自己、家庭、地方、城镇、州、国家、世界和宇宙都是如此

有时，两个人无法生活在一起，他们无法解决分歧

有时在一个多民族的大家庭里，难题也是他们能解决的

不足百万人口的小国，为分离而战数年，杀死数千人

十亿人口的大国，解决矛盾，继续前进，消除障碍

我们每天都会遇到数以百万计的病毒和细菌，但我们却与这个问题共存

生态和环境的破坏给我们的生活带来额外负担

然而，**我**们正在做出改变，我们解决问题的冲动并不突然

人类 DNA 和文明中的冲突解决机制非常贴切

令人惊讶的是，在战争问题上，人类的自我意识使冲突永久化

家庭破裂了，兄弟情谊消失了，贪婪膨胀了

但作为一个民族，人们仍然表现出团结和无形的约束力

量子纠缠在敌人之间的自然灾害中发挥作用

战争中的敌对国家，可以共同为人类、为战斗的军队而努力

解决冲突很容易，只要领导人用自己的心，而不是用假人。

生命需要小颗粒

没有失重粒子光子就不可能有生命
没有带负电荷的电子就不可能有生命
碳、氢、氧和太多的生命必需元素
没有进化和生物多样性，地球上的人类就无法生存
环境、生态、生物多样性都是脆弱的，就像蜂巢一样

智人以为自己是太阳系之王
我们忘记了，与其他生物一样，我们的存在也是随机的
太多的变量会在我们意识到之前就让我们的苹果车脱轨
对动量和位置的精确预测是不可能实现的
意料之外和未知的事情可能会在没有人类命令的情况下发生

甚至我们生命的过去和未来也无法控制
地球上的生命比汽油和巡逻更不稳定
爱、兄弟情、幸福、快乐，我们可以轻易创造，也可以轻易毁灭
为了让世界变得美好和天堂般的地方，我们应该承受一点痛苦
否则，我们将像恐龙一样，被迫从这个世界上消失。

痛苦与快乐

快乐和痛苦是生命不可分割的两个组成部分
相对论和纠缠作用于存在的每一个领域
身体的痛苦可以通过面部表情表现出来
同样，心灵的痛苦即使隐藏起来，也会反映在身体上
心灵和身体的关系是如此完美地纠缠在一起，让生命得以驰骋

没有物质的肉体，就没有心灵的存在
但没有心灵，原子堆也无法做得更好、更远
物质能量方程很简单，却很难执行
心身纠缠也可能是一种不同的波形
我们通过心身纠缠的表现形式也是随机的

大自然知道将物质转化为能量的简单方法，反之亦然
这就是为什么恒星、星系、宇宙和我们都存在于地球上
生物将物质转化为能量以及将能量转化为物质的机制是与生俱来的
当人类文明能够发现这一简单的诀窍时
用于光合作用的叶绿素将成为我们基因砖的一部分。

物理学理论

穷人和富人，有产者和无产者
物理定律同样适用于所有人
对于每一个生命，苹果总会掉下来
尽管苹果树有高有矮
无论是板球还是足球比赛，重力都是一样的

物理的魅力在于它从不歧视
不像法律规则那样，总是试图区别对待
自然是简单的，所以自然规律也是简单的，物理只是解释而已
人脑如何简单地理解是逻辑的主要内容
要理解任何自然规律，我们都需要对大脑进行训练

物理学的大多数假设都是先通过计算得出的
这样，对于一些自然现象，我们就可以有简单的解释了
理论在经过实验检验后被证明是错误的
它们一直被人类文明所抛弃
真正的理论经得起实验的检验，变得强大。

无论发生了什么 都已发生

无论我们的自由意志如何，事情都会以不同的方式发生
无论发生了什么，我们都别无选择
事情或事件发生时，它必须发生
我们别无选择，只能接受现实
到目前为止，科技还无法让我们回到过去

物理学认为，过去、现在和未来没有区别
在这三个领域中，时间具有相同的特征和性质
但我们的大脑是以事件视界中的光速为基础的
被称为时间的幻觉只能决定我们的瞬时位置
这可能也是许多宗教认为生命是幻觉的原因。

经典力学和量子力学都**无法解释**
为什么两个拥有相同 DNA 代码的人有着不同的情感表达？
如果时间是幻觉，我们生活在三维全息图中
那么，是谁如何编制了如此庞大的程序？
但现实是，要强制实现我们的自由意志，我们无计可施。

为什么情绪是对称的？

贫穷或富有，成功或失败，都是一堆基本粒子
强大国王体内的原子与臣民并无不同
无论种族，情感带来的快乐、幸福和泪水都是一样的
当耶稣被钉在十字架上时，他身体的疼痛与其他人并无不同
没有人知道，我们为什么要以宗教、民族的名义杀戮他人

就连动物的情感也是一样的、对称的
当人们以杀戮为乐时，人类的情感并不理智
人类从未想过宇宙万物是由同一种物质构成的
这就是为什么耶稣被钉死在十字架上是重要的，而对人类文明来说却不是次要的
为了人类生命的存在，爱、恨、愤怒等情感应该是理性的

当我们忘记了生命的对称性，感受不到他人的痛苦时
耶稣的牺牲将是徒劳的，我们的生命将是疯狂的
如果粒子变得不对称，道德、伦理、人性都将崩溃
所有物理学、哲学和科学理论都将成为假设
在这个世界上，生命的存在不是相似性，而是对称性。

在深邃的黑暗中,我们也继续前行

当我走进人生的黑暗深处

我试着加强控制

路太滑,无法前行

我的棍子比我的祈祷更重要

然而,祈祷像萤火虫一样指明了道路

为了前进,每个夜晚我都在努力

黑夜永远不会变成白昼

这是自然法则

在黑暗中,我必须走得更远

害怕跌倒受伤是自然规律

跳下悬崖结束旅程是不正常的

我们是遗传密码和本能的奴隶

即使在黑暗中,继续前进和生存也是最基本的要求

所以,我在不断前进,我不知道我的目的地是哪里

但在黑暗中一动不动也不是办法。

存在的游戏

观察者与基本粒子之间的动态平衡非常重要

对于没有眼睛视觉和有性生殖的低等动物来说,存在着一个不同的宇宙

它们虽然有感官机制,却无法意识到美丽世界的多样性之美

对于世界和星系,低等生物可能有不同的假设

但他们也是宇宙的观察者,双缝实验无疑证明了这一点

即使是失明的人类,也会对世界有不同的感知

只有通过自己的想象和他人的倾听,宇宙才会展现出来

旧时代没有助听器的聋人,可能会认为世界是无声的

六个盲人看大象的故事不仅仅是一个故事,而是非常贴切的

有形世界和无形世界的万事万物通过量子纠缠奇妙地联系在一起

对我来说,宇宙在我死后就不存在了,对我们的祖先来说,宇宙已经不存在了

观察空间、时间、物质和能量的存在也是一个双向的过程

没有我,对于我来说,宇宙是膨胀还是收缩甚至都不是必然结果

无论我多么渺小,只要我存在于宇宙的领域,宇宙也可以观察到我。

在我离开之后,是宇宙为我而存在,还是我为宇宙而存在,都是一样的。

自然选择与进化

自然选择和进化总是为了优化和达到最佳状态

但在人类进化之后，大自然似乎休息了很久

破坏和建造技术都是人类设计和开发的

我们现在用基因工程改造食物以消除饥饿，但禽流感却迫使我们宰杀母鸡

核技术用于提供能源，也用于毁灭世界

没有人能保证有一天核按钮不会**启**动

大自然本可以轻而易举地让人类的头部对称，有四只眼睛和四只手

那么，布鲁图的逆袭，就会永远从人类文明中消失了

也许一个头两只眼两只手才是大自然的最高理想状态

人类生理结构的进一步发展得不到自然界的支持

基因工程师和人工智能是否应该这样做，现在是一个伦理问题

但是，**如果我**们继续把薛定谔的猫关在盒子里，人类将如何获得合理的解决方案呢？

物理学与 DNA 密码

物理学和量子力学如何解释道德和伦理

这些在人类生活中很重要,情感表达是基础

没有道德、伦理、诚信、博爱,文明就无从谈起

随机量子轨道中的人类生活将是灾难性的、可怕的

强权即公理,仅靠法律是不可能停止杀戮的

人类生活的复杂性超出了我们的想象,也超出了我们通过生物学所能解释的范围

没有任何经书记载我们如何从猴子变成人类的历史,也没有编年史

我们仍然不知道如何发明预防和治疗癌症的药物

遗传学和人工智能能永远消除世界上的所有疾病吗?

当我们越来越接近现实的真相时,问题多于答案

生命的不确定性在我们的 DNA 中写下了恐惧和迷信的代码

生与死的原因,在科学理论中,没有被证实的解决方案

对于超自然力量,不确定**性原**则反而增强了信念

除了我们的信仰和物理学理论,别无选择

没有经过证实的改变 DNA 代码的上帝方程式,宗教将继续盛行。

什么是现实？

现实是否只是物质世界，我们可以用器官看到和感受到？
或者它只是宗教所解释的幻觉（玛雅）？
量子物理学和基本粒子是现实中的角色吗？
那么我们的意识和其他人类情感又是怎么回事？
现在，物理学也说，在量子宇宙中，我们只是局部真实的存在；

生命的目的、意识、灵魂和上帝仍然超越了物理学的范畴
我们的经验和文明教义，总是在发展我们的伦理道德
现实是动态的，孩童、青年和垂死之人的现实是不同的
然而，爱、恨、嫉妒、自我和其他情绪都是遗传密码
所有这些品质和本能、教诲和经验同样无法磨灭

现实也是一包包的，就像谨慎的量子粒子一样
如果没有意识，没有不连续性，世界上的生命是不可行的
如果现实是幻觉，那么我们是否生活在某个人创造的全息图世界中？
科学现在也在说，这种现实概念并非完全荒谬
在我们确认平行宇宙之前，让我们怀着爱、兄弟情和同理心生活在这里。

敌对势力

每天快乐是人类生活的目的吗？
还是只为舒适和减少痛苦而奋斗
是长寿和积累财富是全部目的
还是每个人都应该追求真善美？
所有这些都不是人类所能反对的

即使我们放弃物质生活，出家为僧
痛苦、疾病和苦难可能会降临，迫使我们鸣笛
僧侣和开悟的布道者也会有饥饿感
人们又回到了正常的生活，告诉人们放弃是错误的
没有云和雷声，大地就不会下雨

促进多样性是大自然的基本本能之一
没有多样性，人类也无法期待繁荣
有了质子和中子，电子也必须团结一致
没有对称，人类的所有情感也无法存在
人体中的生命是神秘的，也是令人赞美的。

时间的测量

时间只是一种假象,因此被称为时空领域,认识它很重要
当下的存在只是名义上的,取决于测量结果
测量值可以是秒、微秒、纳秒或更高
过去、现在和未来是重叠的,当今的人脑无法理解
在物理学中,过去、现在和未来没有区别,速度很重要

时间可能是通过熵实现热力学平衡的一种自然属性
或者是通过波函数坍缩表现衰变和死亡的过程
在行星开始围绕太阳旋转之前,太阳系没有时间
既没有物质,也没有能量,既没有基本粒子,也没有波,然而时间才是真正的乐趣所在
就像生物的情感和基本本能一样,时间是虚幻的,但似乎时间总是在运行

空间、时间、引力、核力和电磁力如此完美地混合在一起
物理领域的时间与其他自然属性不可能分离
当今的时间测量系统只是一个人造的时间表
如果相对论真的存在,它也将是平行宇宙的相对论
对大脑的理解和对时间的测量可能完全不同。

不要抄袭，提交自己的论文

在出生的那一刻，快速、现在和未来就像原子一样统一了。
出生后，生命瞬间变得随机，就像一个运行不稳定的电子
随着生命的流逝，生命就像彩虹泡泡，散发出不同的色彩
同时，像战败的俘虏一样慢慢走向死亡之谷
同样，过去、现在和未来合而为一，生命作为先驱走向终结

观察者必须存在才能观察世界，因为死后物质-**能量**-时空就**没有意义了。**
从统一时刻到统一时刻，让生命充满活力和意义是首要任务
一旦观察者离去，一切都将变得非物质且毫无意义
痛苦、快乐、自我、幸福、金钱、财富都将消失，支离破碎
点与点之间是重要的，从生命中，爱、幸福、快乐和开朗不会分离

如果生命只是振动，正如刺痛理论所解释的那样，有人可能在弹吉他
当然，同一曲调，永恒的音乐家不会永远为我们演奏
只要你还存在，就尽可能完美地跟着旋律起舞，尽情享受吧
舞者无法回避事件的自然流动，也无法抗拒其结果
跟随自己的节奏，享受曲调，最后提交你的精彩论文。

生活的目的并非铁板一块

在基本粒子的随机性和无目的存在中
找到自己的人生目标和经历并不容易,也不简单
每当我们试图前进的时候,都会遇到内部和外部的阻力
思维会像电子一样随机运动,每一次运动都会受到重力的牵引
为了满足生理需求,我们将忙于获取食物、衣物和住所的任务

好在我们的祖先发明了火、车轮、农业,而没有保留版权
否则,文明的进步就不会丰富多彩,而是水到渠成
即使在古老的文明时期,一些人也在担心物质需求之外的生活目的
因此,为了社会和人类,他们提出了平衡人类贪婪的假说和哲学
但直到现在,除了生活,科学和哲学都未能明确人类繁衍的目的是什么。

对我们许多人来说,生活的目的就是寻找美和真理,找到自己的目标
我们的存在可能是没有任何理由的幻觉,但我们自己的故事,我们可以谱写得很美
最后,无论我们能否找到自己的目标,我们都必须服从死亡的法则

最好是快乐地享受生活，带着爱，带着慈善，带着自己的信仰周游世界

没有人是一座孤岛，人类的生命在不断进化，目的不是一成不变的。

树木有用途吗？

一棵独立的树，本质上具有低级意识，它有任何目的吗？

既不能动，也不能说话，没有爱、自我或仇恨等情感

它只需要食物就能生存，而食物的原材料空气、水和阳光都是免费的

通过叶绿素的光合作用准备自己的食物，然后像树一样站立起来

没有私心，只有生存和为未来繁衍后代的本能

但在生态系统中，树木作为一个整体对其他动物有更大的作用

鸟类甚至昆虫的意识可能高于树木

然而，如果没有树木，鸟类就没有食物、住所或呼吸所需的氧气。

拥有大量原子的高级动物大象没有丛林也无法生存。

总之，为了共同生活，为了在树木周围生存，为了允许其他生物结构的存在

我们智人，拥有最高级别的意识，同样依赖于树木

但我们的意识允许我们，作为最高级的动物，我们可以自由地砍伐树木

凭借智慧和技术，我们有能力建立自己的生态系统

混凝土丛林和氧气室，永远是首选和更好的庇护所

在进化过程中，树木先于我们出现，如果我们有目标，那么在这件事上，树木并不陌生。

老骥伏枥，志在千里

火、轮和电，这些改变人类文明的发现，仍然是最重要的
为了提高生活质量，为了科技和文明的进步，它们无所不能
对于现代文明而言，它们仍然像氧气和水一样，没有它们，生命就无法存在。
无论新技术如何发展，现代文明的三位一体始终存在
没有电，现代生活必需品、电脑和智能手机也将消亡

文明也在不断进化，最重要的东西最先被发现
但对人类来说，它们的重要性就像空气一样看不见摸不着，尽管它们不会生锈
当煤气罐空了没有火的时候，我们才感觉到火的重要性
当飞机在着陆时轮子出不来，我们会感到罕见的紧张
没有电，整个世界都将停止，没有任何交流可以分享

古人是金，适用于更多的发现和发明，但现在对我们来说并不重要
但是，想想抗生素和麻醉剂，如果没有它们，我们今天的健康会怎样？
电脑和智能手机现在正处于普及的顶峰，人们认为它们无能为力
但它们并不是人类文明的最终和最佳解决方案
科学家们迟早会发现一些新的、独特的小工具和技术。

对未来的挑战

人类文明史充满了战争、毁灭和杀戮
但人类文明并没有因此而停滞不前。
自然灾害摧毁了过去许多繁荣的文明
然而，人类不断进步，不断追求更好的生活质量
有屠杀了数百万人的坏国王，也有所罗门王这样的智者

所有的发现和发明都是由那些打破常规思维的人完成的
有一天，人类有能力根除许多致命疾病，如天花
现代物理学始于伽利略和牛顿的想象力
爱因斯坦对人类说："**想象力比知识更重要**"。
为了研究宇宙，科学家们**用想象力表明了**他们的决心

量子物理学的崭新世界就像一首解释现实的美丽诗歌跃然纸上
量子力学也为人类文明开启了无数的可能性
然而，我们对时间、空间和引力的疑问多于答案
新人们正在提出新的假设、理论，并进行新的实验来认识自然
同时，平衡生态、环境和生物多样性也是未来的一大挑战。

美与相对论

世界是美丽的，有海洋、高山、河流、瀑布等等

树木、鸟儿、蝴蝶、花朵、小猫、小狗、彩虹都是大自然的财富

但美并不是绝对的，它取决于观察自然的人

不同时代、不同文化对美的感受是不同的

这就是为什么美是相对的，最重要的是，必须有一个观察者

如果观察者没有意识，没有眼睛去看，没有大脑去感受，美就毫无意义

对于人类来说，大洋底下未被探索、未被发现的美也不重要

欣赏大自然的美是个人的选择，即使是女人对某人来说也可能更美

这并不意味着男性智人一点也不英俊

男性和女性对美的定义是不同量级的。

动态平衡

地球母亲花了数百万年才达到动态平衡
自地球诞生和进化以来,大自然就像钟摆一样摆动着
当世界气候达到动态平衡状态并继续前进时
进化过程造就了智慧动物--人类
人类开始追求自己的进步和繁荣
他们异想天开地弄脏了自然景观和环境
山丘被削成平原,水体成为居所
森林变成沙漠,树木和植物被砍伐
河流被阻断,成为淹没植被的大湖
水循环的动态平衡开始退化
全球变暖导致气候剧烈变化
人类自身造成的污染已经超出了他们的承受范围
洪水、冰川融化、寒冷风暴正在造成严重破坏
为了恢复动态平衡,智人应该开启新技术。

没人能阻止我

没有人能阻止我，没有人能让我分心
我的精神不屈不挠，我的态度积极向上
天空和地平线都不是限制因素
我是我电影的演员，也是导演
障碍像白天和黑夜一样来来去去
但在人生的任何一场战斗中，我从不服输
有时，在擂台上，我的位置很紧张
然而，我用尽全身的力量反败为胜
曾经嘲笑我疯疯癫癫的人
现在还在为生计奔波忙碌
如果我听了他们的话，接受失败
今天，摔倒在泥泞中，我会说，这是我的命运。

我从不追求完美，只想不断进步

我从未试图在任何事情或我的创作中做到完美
完美不是终点，而是一个持续的过程
没有人能把玫瑰做得比自然玫瑰更好
大自然也在通过进化走向完美
即使历经数十亿年，大自然仍在不断进步；
当我们只关注完美时，我们的脚步就会放慢
我们只关注手中的宝石，将其打磨成完美的皇冠
我们错过了生命中的许多事物，也错过了旅途中的多样森林
追求完美让我们的视野变得狭隘，让生命在巡回赛上受到限制
实践是为了做得更好，它会让我们无拘无束地迈向完美；
做比最好更好的标杆，而不是绝对的标杆
变化每时每刻都在发生，没有任何暗示或颂歌
大自然的法则和冲动就是改变，让明天更美好
如果我们追求完美，我们追求真善美的旅程就会结束
生命将失去意义，宇宙也将面目全非。

教师

师生之间的纠葛就像量子纠缠

学生与好老师的关系是永久的

尊重来自老师的人格和高质量的**教诲**

我们从好老师那里学到的东西,会永远留在我们的脑海里和心里

每逢教师节,我们都会缅怀所有敬爱的好老师

对老师的尊敬不能强加或强迫学生去做

品格、行为和教学质量更重要

当老师成为需要解决情感和个人问题的朋友时

对学生而言,在其一生中,教师始终是一个象征

爱与尊重是一个双向的过程,它必须存在于每一位教师的心中。

虚幻的完美

完美是艰难的追逐，是虚幻的海市蜃楼
不要追逐蝴蝶而损伤了它的翅膀
把今天做得比昨天更好是一种简单的方法
适时达到理想的完美水平
一寸一寸地实践，走向完美
在沙滩上与家人一起玩耍也很重要
这将清除你的蜘蛛网，帮助你更多地练习
有一天，你会发现美丽的蝴蝶在沙滩上飞舞
以完美为核心创造新事物
人们会欣赏你的成果，会站在你的门前。

坚持你的核心价值观

我始终坚持自己的原则和核心价值观
因此，我对错过或得到的一切都无怨无悔
真实和诚实，即使在最糟糕的情况下，我也从未放弃过
为了承诺，我宁愿破产
而不是用欺诈的手段欺骗他人
现在证明，我在经济上的损失是我长期的收获
真实、诚实和承诺为我撑起了雨伞
人们在不了解我的情况下利用了我的软弱
但从长远来看，我站稳了脚跟，我的坚持是关键
当我的价值观不支持时，人们来了又走，走了又来
我用坚韧和微笑，弘扬我的境界
空腹时，我睡在天空下，没有怨天尤人
有一种无形的力量始终站在我身后，就像我的父亲一样
诚实、正直、真实不是火箭科学
我们必须把它们当作我们的意识和良知
价值无法用金钱或财富来衡量
所有这些价值都将与我同在，也将与我一起走向死亡。

发明死亡

死亡的发明或发现是智人的第一个发现吗?
死亡对于文明进步的意义超过了火和车轮
时间的限制鼓励人类尝试长生不老
最后,人类意识到所有长生不老的努力都是徒劳的
人类文明不断向前发展,认识到死亡是终极现实;
佛陀、耶稣和所有真理的传道者都会像其他人一样死去
他们还教导人们,除了死亡,世界上的一切都是虚幻的
对人类来说,和平与非暴力比战争更重要
然而,智人离没有战争的文明还很遥远
现在,人类又在努力追求永生,向恒星移动;
即使知道了死亡的现实,人们还是在争吵
作为一个物种,有了永生,人类就不可能融合
有了核武器,人们会忘记自己的死亡
每一个生命的毁灭都可能是我们的命运
数百万年后,一些物种将彻底消除战争和仇恨。

自信

自信会给你带来自尊。

没有自信，就无法实现梦想

有了自信，知识和智慧会更好地发挥作用

你的努力会把你推向梦想的彼岸

未来，当你行动起来，梦想就会变成现实

有了自信，才会有毅力和恒心

有了决心，你就能轻松克服一切阻力

你的梦想会越来越大

在你的态度中，在每一个步骤中，只要去做就会触发**你的心**态、表现、结果都将发生翻天覆地的变化。

我们依然粗鲁

当我们在时间的领域里倒退
万事万物都不是完美无缺的
智人的出现是一个巨大的飞跃
在那之后的数千年里，大自然保持着缓慢的进程
有时会有一些看得见、听得见的哗哗声
期待智人，为他人进化，永远沉睡
世界成为智慧人类的领地
为了舒适和快乐，他们发现了许多东西
然而，自然进程将许多人类种族挤出了圈外
自然的力量仍然是智人无法控制的
因此，为了压制自然力量，人类被迫辞职
人类不但没有控制自然力，反而破坏了多样性
生态和环境失去了美感和多元性
甚至屠杀自己的同类也很常见
十字军东征和世界大战导致数百万人丧生
很久以前，耶稣因为试图传授和平与真理而被钉在十字架上
但直到现在，我们对自然、环境、生态和人类仍然粗暴无礼
。

我们为何变得混乱不堪？

和平、安宁、统一和一个世界的秩序是不可能的

热力学定律就是原因，非常简单

要从无序的宇宙走向有序，熵必须下降

但熵定律是科学最重要的皇冠之一

要使基本粒子有序，时间必须倒流；

在物理学中，没有过去、现在和未来之分

从自然界的属性来看，都是一样的

现在的测量可以是毫秒、微秒或纳秒

在进行这种观察时，观察者的存在更为重要

黑能量、反物质和许多其他维度仍然无所不能

在不知道所有维度的情况下，我们可以像百叶窗解释大象一样解释宇宙

但要简单地解释终极真理，所有未知的维度都很重要

量子概率也是无限时空、**物质-能量**领域中的概率

如果我们无法解释和理解所有不可见的维度，物理学如何能带来协同效应？

即使我们跨过光速的门槛，走向星系去了解一切

在我们返回之前，我们的太阳系可能会因为缺乏所需的能量而崩溃并坠落。

活还是不活？

科学家和研究人员预测人类将很快长生不老
随着人工智能的发展，科技将蓬勃发展
人类将不再有身体上的痛苦和折磨
生活将充满乐趣和享受，无需做任何工作
无需在投机股票市场上为未来投资
机器人制作的食物将有不同的天籁之音
身体、运动和娱乐都将是最好的选择
人们将无法理解工作和休息的区别
科学家无法预测退休年龄
已经进入退休阶段的人将会怎样？
没有预测人类的情感，如爱、恨、嫉妒和愤怒
由于身体更加强壮，会有更多的争吵和肢体冲突吗？
活还是不活应该由个人决定，没有法律可以阻止死亡
但我相信，即使长生不老之后，也会有分离和哭泣。

大局观

我在这个宇宙中的角色是什么？
这是一个很难回答的问题
要回答我存在的目的更加困难
科学和哲学中都没有让我信服的具体答案
我必须向前迈进，独自探索到底
没有人会陪我一起寻找真理
每个人，包括我的另一半，都选择了不同的道路
我的经验和信念，没有人能改变，我必须重新开始
但生物大脑的记忆是很难消除和完全根除的
它随时可能复发，没有任何明确的原因和理由
除非我的信念、知识和智慧找到了生命的理由。

扩大您的视野

扩大你的思维视野,看到无限的宇宙和可能性
一旦你走出黑箱和舒适区,你就能看到现实
无论是望远镜还是双筒望远镜,都无法帮助你感受无限的宇宙
人类的想象力可以让你看到地平线以外的景象
眼睛只能看到物体,而大脑只能用科学的理性进行分析

如果你不允许你心中的鹦鹉从小出笼
它只会在周围的舞台上重复几句话来取悦别人
当你的思维扩展到摘掉有色眼镜之后,你会惊奇地发现
你看星系、彗星和现实生活的视野将变得清晰,你的生活将变得如纱布般轻盈
一旦你拥有了解自然的真正智慧,你的足迹,未来就会有迹可循

扩大思想视野很容易,因为黑匣子的钥匙就在你手中
只需拂去躺在沙上的钥匙上的古老教义和宗教偏见的尘埃
如果伽利略能做到岁月静好,你的人生,也能轻松改变,不惧冒犯
你的生活,你的智慧,你的道路,没有人会试图让你变得美好,也没有人会试图去理解你
你在这个星球上的时间是有限的,所以你越早意识到,并付诸行动就越好,如果有必要,给生命一个弯道。

我知道

我知道，我死的时候，没有人会哭泣
这并不意味着，我应该停止爱人
我不是为了死后的鳄鱼泪而生，也不是为了死后的鳄鱼泪而活
相反，我会爱人们，活在他们心中
我的慷慨和帮助，会有人默默铭记
所以，与人为善，与人类为善，是我的首要任务，也是我的谨慎之举
我不需要自私的人为了自己的利益而虚伪地赞美我
更好地帮助无辜的流浪狗和动物是完美的
即使减少碳排放，植树造林也会产生更好的影响
我的爱和慈善不是为了任何回报或期待什么
而是为了传播博爱与和平的环境
把仇恨和暴力赶出社会圈子
当然，终有一天，博爱无憎将成为王道。

不要寻找目的和理由

我们来到这个世界，没有自己的意愿，也没有任何自由意志的目的

然而，我们的出生是多目的的，为了成为儿子、女儿、姐妹或继承人

父母、社会把我们的目的定为学习祖先发现的东西

为了寻求知识、技能和智慧，我们的生活变得多姿多彩

结婚生子后，核心家庭成为我们的宇宙

年轻时，我们没有时间思考人生的目的和意义

获得物质享受、吃好睡好就是我们应得的最好目的

随着年龄的增长，我们**开始思考自己存在的意义**

对于人生的目的和显现的原因，我们听不到共鸣

大多数人在不知道目的和原因的情况下幸福地死去

对于少数寻找目的和原因的人来说，生活变成了海市蜃楼或监狱。

爱自然

当我们越来越远离大自然时
我们在生活中错过了许多现实和太多财富
生活在有空调的城市才是我们的未来吗？
我们努力拯救森林，为其他生物提供栖息地
但我们却为了享乐而破坏自然和生态环境

从人类文明开始，人们就与自然和谐相处
但高楼大厦、智能手机的发展彻底改变了这一切
我们坐在家里消耗更多卡路里，然后再花钱去健身房
快餐和不健康食品让数百万人缺钙
在现代城市里生活百年，还要支付保险费，这有什么乐趣可言？

为了安享晚年，我们拼命工作
却忘了，为了虚幻的未来，我们在牢笼中糟蹋自己的现在
我们的曾祖父生活得更好，而我们现在却认为他是野蛮人
平衡生活与现代科技和自然需要勇气
几十年的昏迷生活不是真正的生活，而是一段空白。

生而自由

当我们出生时，我们是自由的，没有目的、目标、使命和愿景
父母、家庭和社会对我们的一举一动都有不同的要求
我们的意识来自于周围的环境和生活环境
价值体系也不是通过遗传密码，而是父母、老师给予的
我们生来自由，但不能自由选择语言、信仰和宗教，因为我们出生在蜂巢中

我们的思想在恐惧、猜疑和为共同目标而受限制的思考中成长
太多的分歧影响了我们的思想，我们的每一步都必须听从多数人的要求
我们生来自由，但由于生存的先天不足，我们无法自由成长
智人的基因决定了他们具有从众心理和社会性
我们的生活因种姓、信仰、肤色、宗教而被迫政治化

当我们成年后成为公民，我们可以拥有自由意志，但有很多"**如果**"和"但是"。
如果我们不遵守游戏规则，**我**们所谓的自由随时会被社会封杀
我们生来自由，但我们的自由不是没有限制的自由，每个人都必须遵守
如果你做出违背社会和国家意志的激进行为，自由的泡沫就会破灭
如果你无所畏惧，拥有自己的信任，那么心灵的自由就会减少边界，无限延伸。

我们的寿命总是美好的

只要我们按时开始工作和用餐
只要我们准时上班和用餐
周末和朋友们一起享受美酒
把自己的时间当作唯一的资源
死前,我们一定会发光;
大学时代,我们从未意识到相对性
我们从未有过时间,从未听过父母的话
下雨天也只看到彩虹
一旦我们六十五岁以后退休,开始独自生活
相对论就会自动进入我们的荷尔蒙;
我们会说生命不短,时间很快
永远生活在孤独的星球上,我们将不愿长久
在这出名为人生的戏里,用真诚,让我们扮演的角色
我们的健康、器官、行动力和思想将开始生锈
总有一天,我们会乐于在墓地里安息,尘土飞扬。

我不后悔

有人恨我,可能是我的错
有人生我的气,可能是我的错
但如果有人羡慕嫉妒恨我
也许不是我的错,但没关系
然而,我爱所有讨厌我的人,并对他们微笑
我从不觉得自己高人一等,自卑是他们自己的错
他们试图进行徒劳的智力攻击
但不报复,不原谅,我总是下定决心
我不能为了取悦别人而停止自己的进步和行动
这会永远扼杀我的创造力和前进的精神
所以,亲爱的朋友们,我不后悔,也不能后退
我所做的一切,是为了人类,而不是为了你们的奖赏。

早睡早起

早睡早起，使人健康、富有和聪明

这句俗语或真或假，尚无精确的科学数据。

然而，早起的五分钟对一天中闹钟响起的时间非常重要

在你考虑推迟五分钟起床之前，请三思而后行

这五分钟毫无疑问会变成两三个小时

因为你的延迟而迟迟不能开始一天的活动，你自己就会大喊大叫

今天该做的好事，要推迟到明天做

第二天，同样的五分钟会给你带来更多的压力和忧愁

分钟会慢慢变成天，星期和月份会慢慢过去

季节会像往常一样悄无声息地来，又悄无声息地去

你会与朋友和其他人欢欢喜喜地庆祝元旦

最好早睡早起，不要让闹钟优雅地停止。

生活变得简单

生活变得如此简单，吃饭、聊天或使用智能手机上网
在最繁华的商场、街道或大众美食店，都是同样的场景
科技彻底改变了我们的生活方式和表达方式
但对于伦理范式的转变，技术却无计可施
人类变得个人主义和以自我为中心
在新文明的耳濡目染下，**随着智人的出**现，所有物种都进入了
对抗地心引力和其他力量所需的能量依然不变
饥饿和欲望是人类的基本本能，至今科技仍无法驯服它们
生与死，为生存和更好的生活而斗争，仍然是同样的游戏
科技是简单生活的持续过程，而这一切都要归咎于我们。

波函数的可视化

量子或基本粒子的世界和宇宙一样奇特
就像数百万光年之外的恒星一样,我们无法用眼睛看到任何量子粒子
虽然基本粒子存在于我们能看到、感觉到和触摸到的所有物质中
我们的大脑机制受到限制,只能通过间接的方法来观察或感受
光子或电子纠缠的概念也是间接观察到的记录;

通过一双鞋的比喻,向我们解释了纠缠的概念
但是,杯子和嘴唇之间固有的不确定性始终存在于粒子之中
粒子在宇宙中以不同的方式结合在一起,形成了可见的物质
然而,我们不可能用肉眼看到美丽的质子、中子、电子和光子
只有通过实验才能了解基本粒子的特性;

我们对月球或最近行星的了解还不够全面和完整
要了解基本粒子、宇宙和宇宙,没有人能规定时间限制
人类文明必然会学习、反学习和学习新的理论和假设
但对意识、思想和灵魂的认识,对人类来说,仍然是虚幻的、基础的
总有一天,我们一定会发现意识的波函数坍缩,没有什么能限制它。

八十亿

爱、性、上帝和战争决定着文明生态系统的命运

环境和生态对气候的动态平衡非常重要

科技是一把双刃剑,可以根据我们的智慧进行建设,也可以进行破坏

对于科技的发展,爱、性、上帝和战争都不能构成任何阻碍

如果没有爱和性,进化过程就会停滞不前

罗摩衍那》、《摩诃婆罗多》、十字军东征、世界大战被认为是外科手术式的解决方案

但今天,科技为人类提供了新的方式、智慧和新的方向

与此同时,技术却在将环境和生态推向毁灭

上帝未能超越种姓、信仰、肤色、国界和宗教将人类团结起来

只有爱和性将人类团结在一起,帮助我们**成为** 80 亿人。

我

我的存在对世界、太阳系和银河系都无关紧要
因为我只能造成系统的无序和熵增加
没有办法也不可能扭转我对无序的贡献
我们可以考虑在我们的一生中明智地使用能量和物质
没有技术可以摆脱热力学定律来减少熵
我唯一能做的就是，减少污染和我在这个星球上的碳足迹
我还可以在我的智人同胞中传播微笑、爱和兄弟情谊
人们明知故犯地破坏美丽星球上的动植物
我们觉得，我们来到这个星球就是为了消耗和破坏自然资源
但这已经不可逆转地改变了全球气候及其未来的走向
科技可以为我们提供不同的、高效的、可重复使用的**能源**
然而，熵的增加总有一天会爆发出毁灭的力量。

舒适令人陶醉

舒适令人陶醉和上瘾
对食物和住所的渴望是诱人的
但在舒适区,我们的生产力会降低
生活在舒适区的科学家永远无法发明新事物
为了发明,他们必须独自去深海航行
人们对食物、住所和衣服的渴望让他们只能留在岸上
聪明人很快意识到,迁移和动力是核心所在
勇敢的人走出舒适区,不顾大海的咆哮,跳到海里游泳
探索新事物和实验的欲望是发明的核心
文明因迁徙而进步
不确定的世界没有避风港
对舒适区的渴望也受到量子概率的限制。

自由意志与目的

生命的目的是生活、生存和繁衍
还是生命的目的是集体保护 DNA 代码？
我们可以选择不繁殖，保持单身
要保护遗传密码，必须有一个三角形
没有父亲、母亲和孩子，遗传密码就会崩溃
自由意志总是在决策中发挥作用
但自由意志与不确定性和变数有关
在未来的领域里，自由意志的目的会被削弱
跟着直觉走，执行自己的意愿，就是简单的规则
即使你的自由意志和目的从未融合，也要谦虚。

两种类型

在这个世界上，只有两种人与我们共事

悲观主义者，不主动行动；乐观主义者，总是在行动

一种是不假思索，说干就干，另一种是把事**情推**迟到明天再做

一种人态度积极，另一种人态度消极

如果我们过多地考虑和分析结果，就不可能开始行动

在一天结束的时候，最后在生命结束的时候，我们的手推车将是空的

卸下锚，开始航行，不要去想未来的风暴

如果你无限期地等待晴空万里，你就永远不可能获得星空

接受现实吧，生命只是量子随机概率。

让我们欣赏科学家

让我们感谢所有揭示量子世界的科学家们
我们的感觉器官既看不见也感觉不到量子粒子
但我们的大脑有能力理解和想象
科学已经走过了漫长的道路,揭示并理解了量子的本质
然而,我们不知道自己站在哪里,终点是太远还是很近;

科学家们度过了无数个提出假设的不眠之夜
后来,许多假说经受住了严格的考验,成为了理论
薛定谔的猫以量子跳跃的方式走出了盒子,走向了自然
有了量子计算机,科学家们未来将探索新的可能性
虽然我们进入了一种新的文化,但人类的大脑、思想和意识的现实仍然是虚幻的。

水和氧气之外的生命

宇宙是无限的，它超越了边界，仍在不断扩展
但有时我们对宇宙的思考过程，我们自己却受到了限制
在无限的碳、氧和氢之外，生命是可能存在的
可能存在有意识的生命，他们可以直接从恒星中获取能量
生命必须具备氧气和水，这在其他星系可能并不现实

我们地球上存在的生命形式可能是孤独的
然而，数十亿光年外的同类生命也很有可能存在
大自然喜欢多样性，因此，其他地方也可能存在不同形式的生命
但与我们的物理学和生物学相比，这种生命可能并不兼容
其他宇宙生物直接吸收能量的可能性是合理的

我们对暗能量的认识还很肤浅，还局限在光的边界内
然而，对于遥远星系中的不同生命形式来说，暗能量可能是光明的
一旦我们跨越光速的障碍，以我们想要的速度旅行
在其他星系中寻找系外行星将变得简单而公平
在此之前，科学不应该妄加评论，抹杀其他层面。

水与土地

地球的四分之三在水下
只有四分之一生活着我们人类
海洋下面的世界仍未被开发
人类对土壤资源的开发超出了它的承受能力
感谢上帝,深海探索仍然困难重重

探索外太空更容易、更舒适
这就是为什么在月球上建造殖民地也有竞赛的原因
虽然撒哈拉沙漠对现在的文明来说还很神秘
我们更担心的是在月球上攫取土地并开始建设
世界上大部分人口仍然没有解决住房问题

探索外太空和附近的原子是必要的
但必须为全人类提供生存机会
人类文明开始了以爱促进进步和繁荣的旅程
然而,智人与其他人之间的平衡失去了完整性
为了人类的生存,我们必须真诚地平衡环境和生态。

物理学有谐波

发现农业已有数千年
农民仍然耕种土地，种植水稻和小麦
老渔夫出海捕鱼并在市场上出售
牛仔和女牛仔唱着从爷爷那里学来的老曲子
不担心人工智能或听说过的外星人

量子纠缠或遥远天空中的系外行星对他们来说并不重要
干旱和不稳定的气候才是他们担心的问题
化肥的滥用降低了土壤的生产力
有数十亿人仍然依赖雨水
降雨不足会使他们的孩子陷入贫困和饥饿

然而，科学在探索原子和星系的道路上越走越深
科学是追随和探索自然，而不是自然探索科学
宇宙并不是在写出物理定律之后才出现的
数学知识是基础，我们知道行星动力学
在通过物理学探索自然的过程中，存在着各种和谐的可能性
。

自然领域的科学

在物理学中，我们有许多解释自然的数学公式
但却没有精确计算未来死亡日期的方程
有人健康地年轻死去，有人悲惨地年老死去
没有方程式，为什么自由意志和专注工作的努力会产生结果？

也有精确预测地震的方程式
预测自然灾害和大流行病也是概率问题
但我们需要一个简单的方程来预测婚姻的兼容性和可持续性
科学预测必须百分之百准确无误
否则，占星家就会在弱者中制造恐怖。

科学并不像几千年前的宗教典籍那样是个黑匣子
许多科学家的 "**黑箱**综合症 "应该摆脱自我的束缚
应该探索每一种可能性和概率，以寻求真理
简单地把一些信仰和价值观说成是迷信而不加以证明是不礼貌的
在自然和上帝的领域里，科学永远是为了更好的明天和美好的生活。

不断发展的假设和法则

物理学、形而上学的假说和定律与时俱进

在宇宙大爆炸之前,可能有不同的法则来管理宇宙

但对我们来说,物理和自然规律只存在于时间领域中

时间可能是幻觉,也可能是从过去到现在再到未来,这对观察者来说很重要

没有时间领域,我们就没有了定律的意义或目的

科技随着物理学的进化而发展,以提高智人的生活质量

但对于地球上的其他生物来说,物理学和技术都是外星人

即使是生活在海底的四分之三的生物也不懂物理

他们不懂数学,却过着舒适快乐的生活

他们的旅行和生活也只停留在时间领域,不关心统计数字

我们这些智慧生物掌控着自然界的一切

但在发展和进步的过程中,对于自然,我们并不关心

知道了宇宙学和基本粒子,却不知道每个人都有份

没有生态平衡和良好的环境,总有一天人类的生命会变得稀少

让科学家们在进化过程中兼顾发明创造,这对每个人都是公平的。

关于作者

Devajit Bhuyan

德瓦吉特-布扬（DEVAJIT BHUYAN）是一名职业电气工程师，同时也是一名发自内心的诗人，他精通英语和母语阿萨姆语诗歌创作。他是工程师学会（印度）和印度行政职员学院（ASCI）的研究员，也是阿萨姆邦（茶叶、犀牛和比胡之乡）最高文学组织"阿萨姆萨哈"的终身会员。在过去的25年中，他撰写了110多本书，由不同的出版社以40多种语言出版。在他出版的书籍中，约40本是阿萨姆语诗集，30本是英语诗集。德瓦吉特-布扬的诗歌涵盖了地球上和太阳下可见的一切事物。他创作的诗歌从人类到动物到恒星到星系到海洋到森林到人类到战争到技术到机器以及所有可用的物质和抽象事物。欲了解更多有关他的信息，请访问 www.devajitbhuyan.com 或查看他的 YouTube 频道 @careergurudevajitbhuyan1986。

www.ingramcontent.com/pod-product-compliance
Lightning Source LLC
LaVergne TN
LVHW041704070526
838199LV00045B/1197